Liebe hinter Gittern

Sabine Bomeier

Liebe hinter Gittern

Liebesgeschichten aus dem Knast

2014
Sabine Bomeier
Herstellung und Verlag: BoD – Books on Demand,
Norderstedt
ISBN: 9783734759482

Inhalt

Vorwort - Seite 7

Besuch von ihm 9

Stefan - Seite 17

Chaled - Seite 21

Der Typ hat eine andere - Seite 43

Hozan - Seite 47

Carlos – Seite 51

Blumen zur Weihnacht – Seite 107

Hubert kommt zu Besuch - Seite 113

Liebe ohne Grenzen - Seite 129

Vorwort

Liebe, Sehnsucht nach Zärtlichkeit oder Verliebtsein, das sind Gefühle, die auch vor den Mauern eines Gefängnisses nicht Halt machen. Mal himmelhochjauchzend, mal enttäuschend und mal erfüllend bis ins hohe Alter erleben auch inhaftierte Frauen die Liebe. Zwar machen die Gitterstäbe, die gefangene Frauen vor dem Alltag draußen in der freien Welt trennen, vieles schwerer, aber doch nichts unmöglich.

Während meiner Zeit in der Haft durfte ich so manches Mal miterleben, wie Frauen ihre Liebe lebten und damit immer auch etwas Buntes in den Knastalltag brachten. Die in diesem Buch beschriebenen Liebesgeschichten sind erfunden und beinhalten dennoch einen Kern Wahrheit. Sie sollen aufzeigen, dass auch hinter den Mauern Frauen leben, die lieben, leiden und eigentlich so gar nicht anders sind als die Frauen vor den Mauern. Es sind die gleichen Probleme mit den Männern und dem eigenen Selbstverständnis, das Frauen vor und hinter den Mauern umtreibt.

Besuch von ihm

Wie jeden Freitagabend rufe ich ihn an. Wir reden über alles Mögliche, was er so die Woche über gemacht hat, wie meine Woche war und eben all die kleinen Dinge, die man sich sagt, wenn man sich nicht sehen kann. Man versichert sich gegenseitig, wie sehr der andere fehlt und dass man oft aneinander denkt. Solche Dinge zu sagen und zu hören, tun weh, weil man hinter Gittern am Leben des anderen nicht wirklich teilhaben kann und doch ist es gleichzeitig schön zu hören, wie der andere seine Tage verbringt. Plötzlich aber meint er, dass er mich am Sonntag eigentlich gerne sehen würde, damit bekommt das zuvor Gesagte Realität. Ich freue mich, aber ich hatte diese Woche schon Besuch und es darf nur einmal in der Woche von draußen jemand zu uns in den Knast kommen. Wie oft wünschen wir uns, es mögen doch mehr Besuche genehmigt werden, aber das geschieht nur in Ausnahmefällen, die sehr gut begründet sein müssen. Was eine gute Begründung ist, darüber entscheiden die Beamten.

Da werde ich mal wieder ins Büro gehen müssen und einen Antrag auf einen vorgezogenen

Besuch stellen müssen. Dann allerdings darf in der nächsten Woche niemand zu mir kommen. Mein Antrag wird bewilligt. Ich habe etwas von einer dringenden Familienangelegenheit gesagt. Sie, die Schließerinnen unserer Station, haben es geglaubt. Oder jedenfalls so getan, als glaubten sie es.

Wir sind beide Langschläfer, aber das interessiert hier niemanden. Man hat die Besuchszeit am Sonntag auf den frühen Vormittag gelegt, gleich nach dem Aufschluss. Also stehe ich früh auf, flitze sofort nachdem die Türen aufgeschlossen wurden, unter die Dusche, wasche mich und renne zurück in meine Zelle. Dort style ich mich, so wie ich es früher, draußen, immer getan habe. Den Aufwand treibe ich nicht nur für ihn, mehr noch mache ich das für mich selbst. Ich will wenigstens hin und wieder so aussehen wie früher, vor der Haft. Ich bin also wieder gut gekleidet mit sauberen, gut sitzenden Jeans und einer ebenso gut sitzenden farblich passenden blauen Bluse, selbst gefertigt im Schneiderkurs. Auch bin ich wieder dezent geschminkt. Ein Blick in den Spiegel zeigt mir die Frau, die ich früher einmal war. Zumindest äußerlich kann ich mit wenig Aufwand schnell wieder so aussehen, wie die Menschen von früher, vor meiner Haft, mich kennen. Aber es ist eben nur äußerlich. Im Innern wird nichts mehr, wie es einmal war.

Nun bleibt mir nur noch zu warten und ich setze mich auf den Stuhl an meinen kleinen Tisch in der Zelle und nehme ein Buch, aber ich kann mich nicht konzentrieren, bin zu aufgeregt. Aber nach draußen, auf den Flur zu den anderen Frauen, mag ich auch nicht gehen. Ich will die Vorfreude auf seinen Besuch mit niemandem teilen, will auch keine noch so lieb gemeinten Frotzeleien hören. Ich hoffe, dass bald mein Name aufgerufen wird und mich eine Beamtin in den Besuchertrakt bringt. Wird er pünktlich sein? Aber eigentlich ist er jetzt immer pünktlich. Das ist neu. Früher kam er oft zu spät. Aber hier muss er befürchten, nicht mehr herein gelassen zu werden, wenn er die Zeiten nicht einhält.

Und da wird auch schon mein Name aufgerufen. Die Beamtin, es ist zum Glück die nette Blonde mit der ich hin und wieder auch ein paar private Worte wechsle, bringt mich in den Besucherraum, dort muss ich wieder warten. Die Beamtin schließt mich ein und holt nun ihn von der Pforte ab, wo er warten musste. Sie bringt ihn zu mir, bringt uns zusammen. Eine leichte Nervosität will sich wieder in mir breit machen. Es hat wieder etwas Prickelndes sich zu treffen. Dabei kennen wir uns doch schon so lange.

Da geht die Tür auf und er lächelt mich an. Ich falle in seine Arme, er umfasst mich. Wir müssen uns erst einmal aneinander festhalten. Wir wollen nur noch schmusen. Tief in mir drin ist eine ganz große Sehnsucht nach ihm. Es tut gut, ihn wieder so zu spüren, in seinen Armen zu versinken. Ich fühle mich geborgen.

Er sieht gut aus, braun gebrannt vom letzten Urlaub und längst nicht so müde, wie ich es zu dieser frühen Stunde erwartet hatte. Ja, ich erkenne ihn wieder, diesen Mann, den ich so sehr mag. Da ist sein strahlendes Lachen, das ich wiederentdecke, als ich zu ihm aufschaue. Diese Lachen fehlt mir in so mancher Stunde in meiner Zelle.

Wir setzen uns an den Tisch, halten uns an den Händen. Reden fällt in dieser Atmosphäre nicht immer leicht. Aber immer näher rutschen wir aneinander heran. Da ist eine so große Sehnsucht nacheinander, die hier nicht erfüllt werden kann. Ich spüre seine zärtlichen Hände auf meinem Rücken, die so viel Begehren ausdrücken und denen ich so gerne nachgeben würde. Wir liegen uns wieder in den Armen, können nicht loslassen.

Er erzählt von seinem Treffen mit Freunden. Das neue Restaurant, den edlen Italiener haben sie ausprobiert. Das Essen soll phantastisch sein und erst die Auswahl an Weinen… Was hat das mit meinem Leben im Knast zu tun? Aber ich höre zu und träume mich in seine Erzählungen hinein. Dann gesteht er, wie sehr er mich vermisst. Er fühle sich mitbestraft, weil er nicht mehr jederzeit mit mir reden könne. Ja, das stimmt. Mit meiner Tat habe ich auch ihm etwas genommen.

Auch ich berichte von meinen Tagen, in die er sich sicher nicht hineinträumt und die er sich eigentlich auch nicht wirklich vorzustellen vermag. Knastalltag hat er nie erlebt.

Die Zeit vergeht mit Schmusen, Reden und sich endlich wieder ganz nah sein. In diesen Momenten entstehen die Träume von Freiheit. Wann werden wir endlich wieder einen ganzen

Abend, eine ganze Nacht zusammen sein können?

Da ist dann auch schon das Geklirre der Schlüssel zu hören. Die Besuchszeit ist zu ende, wie immer viel zu schnell. Die Tür wird aufgeschlossen. Es bleibt nur noch Zeit für eine letzte Umarmung, einen letzten Kuss. Sich jetzt trennen zu müssen, tut weh.

Die Beamtin bringt erst die Besucher zur Pforte, alle auf einmal, auch die aus den anderen Besucherzellen, wo es sicher ähnlich zuging wie in der unseren. Ein letztes Winken, dann ist er verschwunden. In mir bleibt eine leichte Wehmut zurück und eine fast unendliche Sehnsucht. Wann wird er wieder hierher kommen?

Die Beamtin kommt zurück und bringt alle Frauen auf die Station zurück. Auch meine Mitgefangeninnen kommen nun aus den Besuchszellen heraus, aber wir reden nicht viel miteinander, jede hängt ihren eigenen Gedanken und Gefühlen nach. „Wir dürfen die Besuchszeiten ja leider nicht länger ausdehnen", sagt die Beamtin mit einem fast um Entschuldigung bittenden Lächeln. Vielleicht ist ja auch sie gerade frisch verliebt und kann unsere Sehnsucht nachempfinden. Wir werden nie wissen, was und wie unsere Schließerinnen denken und empfinden.

Wir werden wieder weggeschlossen, nachdem wir in der Kammer gefilzt wurden. Man will sicher sein, dass wir nichts Unerlaubtes auf die Station schmuggeln. Und Ich leiste mir den Luxus, den Rest des Tages von ihm zu träumen. Seinen Duft habe ich noch auf der Haut.

Stefan

Es ist gerade kein anderer Mann da und Stefan macht Susanne Avancen, er gehört zu der Gruppe Gefangener, mit der sie sich gegen Abend stets noch auf ein halbes Stündchen vor dem Pavillon trifft. In der Gruppe führt er oft den Ton an, er sagt, was gerade angesagt ist und wo er überall dabei war, zum Geburtstag eines Politikers war er eingeladen, seinen Eltern musste er bei deren Empfang zum 25-jährigen Firmenjubiläum helfen, aber am Samstag geht er wieder Tennis spielen. Susanne fragt sich, ob er dafür nicht ein bisschen zu dicklich ist? Zumindest macht er einen einigermaßen gepflegten Eindruck. Allerdings ist er ein Aufschneider, das merkt auch Susanne schnell. Er sitzt wegen Betruges ein, was immer verdächtig ist. Meist wollen Betrüger mehr darstellen, als sie sind und leiden unter einem starken Geltungsdrang, ist Susanne überzeugt. So auch Stefan. Er soll ungedeckte Schecks unter die Leute gebracht haben.
Angeblich hat er Wirtschaft studiert, natürlich nicht hier in Deutschland, sondern in London. Das ist auch weniger kontrollierbar und zudem sehr viel schicker. Er will nach der Haft ganz

schnell wieder in bürgerliche und natürlich erfolgreiche Bahnen kommen. Das betont er immer wieder. Er hat da auch schon etwas in Aussicht. Und wen er alles kennt? Na, da dann wird er wohl schon seinen Weg machen, denkt Susanne und will ihn eigentlich links liegen lassen.
Aber der Drang endlich wieder eine Frau sein zu dürfen und auszuprobieren, wie denn die Marktchancen so liegen, ist stärker, auch bei der sonst eher spröden Susanne. Sie ist noch jung und glaubt, etwas zu verpassen, wenn sie nicht jede sich bietende Gelegenheit ergreift. Und wer weiß, vielleicht, stimmt ja doch ein kleines bisschen von seiner ganzen Angeberei. Vielleicht kriegt sie über seine Kontakte auch einen tollen Job? Diesen Funken Hoffnung in sich kann sie nicht unterdrücken.
Sie verabredet sich mit ihm, sie gehen essen, in einem nur mäßig edlen Restaurant, wie Susanne enttäuscht bemerkt. Sie machen Spaziergänge in den Parks der Stadt und landen schon nach wenigen Tagen im Bett. Das steht in ihrem kleinen Zimmer, das sie sich in einer Wohngemeinschaft, in einem etwas heruntergekommenen Haus gemietet hat. Er hat noch keine eigene Bleibe, wird aber natürlich schon bald sich ein richtig tolles Appartement zulegen, er hat auch da schon et-

was in Aussicht. Als Liebhaber ist er nicht ganz so sensationell wie er wohl gerne wäre, was auf Susanne wiederum eine recht ernüchternde Wirkung hat. Will sie wirklich mit so einem Typen durch die Gegend ziehen, wenn sie dabei nicht einmal wirklich Spaß hat? Er ist zwar redegewandt, das muss sie immer wieder zugeben, aber wirklich gebildet ist er nicht. Es gibt eigentlich nicht viele Themen, über die sie reden können. Musik kennt er nur aus dem Radio, das Theater der Stadt hat er anscheinend noch nie von innen gesehen und Zeitungen liest er zwar, aber ob er den Inhalt versteht ist nicht immer ganz klar, scheint es Susanne.

Geld hat er seltsamerweise auch nie so richtig, dabei kommt er doch aus einem so reichen Elternhaus, wie er sagt. Aber sie zahlt nicht für ihn, ganz so dumm ist sie denn doch nicht. Aber er weiß sich die nötigen finanziellen Mittel zu beschaffen. Bei einem Besuch bei einer guten Freundin von ihm, zu dem er Susanne mitgenommen hat, bittet er diese gute Freundin wie selbstverständlich beim Abschied um eine kleine Hilfe. Und diese zückt das Portemonnaie und rückt ihm lächelnd ein paar Scheine in die Hand. „Sie sei eben eine richtige Traumfrau", meint er später. Susanne beschließt, keine Traumfrau sein zu wollen.

Er ist eigentlich reif für den Freigang, aber er findet draußen keine angemessene Stelle. Wahrscheinlich sind seine Ansprüche zu hoch – oder seine Schwindeleien zu groß. Schließlich landet er als Putzmann in der Putzkolonne einer großen Reinigungsfirma. Das passt zwar nicht in sein Selbstbildnis, aber er hat keine andere Wahl. Der Knast zwingt ihn in diesen Job. Fortan fährt er mit einem alten Kombi, von der Firma gestellt, durch die Gegend. Hinten drin hat er Schrubber, Besen, Eimer und Feudel. Das macht schon etwas her…

Susanne macht weiter ihr Praktikum in der Versicherungsgesellschaft und mit den Beiden zerschlägt es sich irgendwie. Er braucht Geld und sie zahlt nicht – das passt nicht zusammen. Aber mit der eigentlich etwas scheuen Birgit, die neulich in den Offenen Vollzug verlegt worden ist, scheint er sich gut zu verstehen.

Chaled

Die erste Morgensonne blitzt durch die nicht ganz geschlossenen Vorhänge und berührt mein Gesicht. Die Türen sind schon auf aber ich mag noch nicht aufstehen, es ist schließlich Wochenende und das Frühstück, das unten im Gang verteilt wird, lockt ohnehin nicht. Lieber ziehe ich mir die Bettdecke noch einmal bis unter das Kinn und kuschele mich in die weiche Wärme. Fast ist es als nehme mich ein Mann in seine Arme. Die Decke ist Ersatz für die so lange vermisste Umarmung eines Geliebten. Eine andere Zärtlichkeit gibt es hier nicht. Und eigentlich weiß ich auch schon gar nicht mehr, wie ein Mann sich anfühlt. Das mit der Bettdecke ist also irgendwie in Ordnung.
Doch nun okkupiert Jessi meine Zelle. Ohne anzuklopfen stürmt sie hinein, schmeißt sich zu mir aufs Bett und hält mir fast triumphierend ein paar Bilder vor das Gesicht. „Guck mal, das ist er. Ist der nicht süß?", kreischt sie mir ins Ohr.
„Ohne Brille seh´ ich nix, und außerdem kennst du ihn doch kaum. Bloß immer Briefe… Was ist das denn schon?", wage ich ihren Enthusiasmus zu dämpfen. „Und außerdem ist er ein Kriminel-

ler", werfe ich noch hinterher. „Das sind wir auch", gibt sie zurück. Sie besitzt manchmal eine Logik, der ich mich wider Willen nicht ganz verschließen kann.

„Ich hol' uns Kaffee und du schaust dir die Bilder an", lautet die Antwort. Und schon springt sie durch die Tür. Die langen blonden Haare flattern ihr hinterher.

Mit der Ruhe ist es vorbei. Ich gebe mich geschlagen und werfe die Decke zurück. Kalt ist es, die Heizung scheint mal wieder nicht zu funktionieren. Der Gedanke an die in Aussicht gestellte Übersiedlung in den offenen Vollzug tröstet mich. Was immer mich dort erwarten wird, die Zimmer sollen schön warm sein.

Jessi klopft, aber nur weil sie in jeder Hand eine Kaffeetasse trägt und ohne Hilfe nur schwer die Tür aufbekommt. Zum Klopfen hat sie wahrscheinlich die Ellbogen genommen. Sie findet immer für alles eine Lösung. Ich lasse sie herein. Sie setzt sich auf mein Bett, stellt die großen weißen Tassen auf den Tisch und plappert wieder drauflos. Wie schnell er doch auf ihre Anzeige in der Berliner Gefangenenzeitung geantwortet hätte und dass er sich, sobald er für den Offenen in Frage komme, was bald der Fall sein würde, in unsere kleine Stadt verlegen lassen wolle. Und das alles nur, um ihr nahe zu sein. Ihr Glück scheint perfekt. Sie meint, nun endlich der ganz großen Liebe begegnet zu sein. Selig blinzelt sie in die Sonne, ein leicht dümmlicher Gesichtsausdruck bemächtigt sich ihrer. Das typische Zeichen der Verliebtheit.

Nachdem ich mir am Waschbecken in der Ecke der kleinen Zelle die Zähne geputzt habe und mir wenigstens etwas Wasser ins Gesicht gespritzt habe, bin ich halbwegs wach. Aber ich schwöre mir, Jessi über Mittag rauszuschmeißen und mir einen gepflegten Mittagsschaf zu gönnen. Doch zunächst quetsche ich meine Massen neben die dünne Jessi aufs Bett, lasse mir die Kaffeetasse reichen und betrachte die Fotos. Attraktiv finde ich den Typen nicht gerade, Glatze und die Nase ist zu groß, aber einigermaßen sympathisch. Ein nettes Lächeln ziert sein dunkles Gesicht.

Der Kaffee ist gut. Jessi mag nicht allzu viele brauchbare Qualitäten haben, aber Kaffee kochen kann sie. Was sie außerhalb des Knastes damit anfangen könnte, weiß ich allerdings auch nicht.

Anstandshalber lobe ich den glatzköpfigen, an den Oberarmen tätowierten Typen auf dem Foto. Kahl geschorene Köpfe sind gerade groß in Mode, stehen aber keinem. Auch nicht diesem Chaled. Aber Jessi findet´s klasse. Na denn…

Bis zum Mittag sitzen wir noch aneinander gekuschelt auf dem Bett und überlegen, wie es sein wird, wenn ich nun bald in den Offenen gehe und sie noch ein gutes Jahr im Festbau bleiben muss. Wir versprechen uns, weiter gute Freundinnen zu bleiben, wie das eben so üblich ist im Knast.

Dann bittet sie mich, ihrer neuen großen Liebe bei der Eingewöhnung in den neuen Knast und die neue Stadt ein wenig behilflich zu sein. „Wie denn?", frage ich und sehe mich schon mit einem kleinen, kahlköpfigen und geistig unterentwickeltem Gangster am Rockzipfel mein neues Leben beginnen. In typischer Knastsprache wird er seine Kommentare ablassen, wenn ich in meine künftig hoffentlich hochgeistigen Gespräche mit unglaublich interessanten Menschen vertieft bin. „Ey Alter, geil hier aber haste mal `ne Kippe für mich", höre ich ihn jetzt schon sagen. „Was um Himmels Willen soll ich mit so einem Typen an meiner Seite?", frage ich mich, wage das aber nicht laut zu äußern.

Sie gibt mir auf, was ich zu tun habe: ihm die Stadt zeigen, dafür sorgen, dass er sich anständig ernährt und kleidet und vor allem darauf achten, dass er keine Drogen mehr nimmt. „Bin ich sein Kindermädchen?", wende ich ein. „Nee, aber er ist doch so labil", antwortet sie und das scheint ihr Erklärung genug. Die Bitte abzulehnen geht nicht, es ist eine Frage der Ehre. Eine Ehre, die ich gerade verfluche!

Dann ist der große Tag da. Meine Koffer sind schon im Transporter. Mit einer kleinen Tasche stehe ich am Geländer und nehme Abschied von den Frauen meiner Station. Tränen fließen, sie würden alle so gerne mitkommen. Wie oft habe ich so empfunden, wenn eine in den Offenen verlegt wurde? Nun ist die Reihe an mir.
Jessi kommt auf mich zu, wir liegen uns ein letztes Mal in den Armen. Wir sind so verschieden, haben uns so oft genervt und uns doch so sehr gebraucht. Sie war für mich da, wenn ich wieder einmal nicht wusste, woher ich neue Klamotten bekommen sollte und ich war für sie da, wenn es darum ging, Schriftstücke für das Gericht aufzusetzen. Sie wird mir fehlen. Noch einmal sagt sie mir, dass ich auf Chaled aufpassen soll, der ebenfalls in den kommenden Wochen in unsere Stadt verlegt wird. Ich verspreche es ihr.
Der offene Vollzug übertrifft alle meine Erwartungen. Keine Gitter vor den Fenstern, die Türen

sind nicht verschlossen. Die Häuser liegen auf einem parkähnlichen Grundstück. Am Rande der Wege stehen kleine Bänke unter großen Bäumen, das lädt zum Verweilen ein. Hinein kommt man durch eine Pforte, einem Hotel nicht unähnlich. Ein Beamter hat die Rolle des Concierge übernommen. Das gefällt mir.

Männer und Frauen sind gemeinsam in einem Pavillon untergebracht, die Männer in der unteren Etage, die Frauen darüber. Tagsüber sind auch hier die Türen offen. Nachts trennt ein Gitter im oberen Flur die Geschlechter, die Etage ist zwischen Männern und Frauen aufgeteilt. Aber Unterhaltungen sind möglich, wie über einen Zaun, der Gärten von guten Nachbarn trennt. Nur ist dieser Zaun etwas höher, bis unter die Decke.

Die anderen Frauen sind nett, wenn auch der Zusammenhalt hier längst nicht so ausgeprägt ist wie im geschlossenen Vollzug. Man sieht sich nur abends. Tagsüber geht jede ihrer Arbeit draußen nach oder schafft im knasteigenen Werkbetrieb.

Auch ich finde schnell einen Job in einem Callcenter, die nehmen jeden, so scheint es mir, jedenfalls wird nicht weiter nachgefragt, woher ich denn komme. Es arbeiten noch mehr von uns

dort. Mittags gehen wir zusammen in ein nahe gelegenes kleines, und vor allem preiswertes Restaurant. Das erscheint uns nach den Monaten oder Jahren des Gefangenseins wie das Paradies. Nach Feierabend haben wir noch Zeit für uns, erst um neunzehn Uhr müssen wir abends zurück im Vollzug sein. Ich nutze die Zeit, um mir ein kleines Zimmer zu suchen. In einer bunt zusammen gewürfelten Wohngemeinschaft ist eines frei und ich nehme es ohne viele Fragen zu stellen, bin vielmehr froh, dass keine an mich gerichtet werden. So habe ich auch außerhalb des Knastes wieder ein Zuhause. Mit einem Teil meines früher angesparten Geldes erstehe ich billige Möbel und richte mir mein neues Heim ein. Ich freue mich jetzt schon auf jedes Wochenende, das ich dort verbringen darf. Wochenenden ohne Gitter liegen vor mir. Kein Schließer wird meine abendliche Gemütlichkeit stören – und auch keine andere Gefangene. Ich darf endlich einmal alleine sein!
Abends auf der Station sitzen wir Frauen gemütlich zusammen, trinken noch ein Glas von dem heimlich in den Knast geschmuggelten Wein oder treffen uns mit den Männern am Gitter. Sie reichen Proben von ihrem selbst gekochtem Essen zu uns herüber und wir geben gerne von un-

serem ab. Es sind schöne, ruhige Tage, eine gute Vorbereitung auf das endgültige Leben in Freiheit.
Besonders mit Mandy freunde ich mich an. Sie kennt Jessi aus einem anderen Knast, hat dort eine Weile mit ihr zusammen eine Zelle geteilt und ist gar nicht gut auf sie zu sprechen. Irgendwelche krummen Geschäfte sind wohl zu Ungunsten von Mandy ausgegangen. Aber was treiben sie auch Handel untereinander? Was auch immer die beiden miteinander gehabt haben, ich mag Mandy, und Jessi auch. Beide färben sie sich die Haare blond, Mandy mir meine abends im großen Gemeinschaftsbad schwarz. Während dieser Stunden erzähle ich ihr, dass ich auf Chaled aufpassen soll. Mandy fängt an zu lachen und meint: „Mensch ist Jessy blöd, die treibt dir den Typen doch geradezu in die Arme." „Was bitte soll ich mit so einem Typen?", empöre ich mich.

Ein Handy habe ich inzwischen auch wieder, man will ja schließlich erreichbar sein, auch ein kleines Auto habe ich mir zugelegt, in dem muss ich jeden Abend das Handy verstecken, denn das darf aus unerfindlichen Gründen nicht mit in die Häuser gebracht werden. Es klingelt, sobald ich

morgens im Auto sitze und daran ist Jessi. So war das zwar nicht gedacht, aber was gebe ich ihr auch meine Telefonnummer? Woher weiß sie überhaupt, wann genau ich morgens losfahre?
„Chaled kommt morgen schon in den Offenen. Ich habe es gerade erfahren", flötet sie mir entgegen. „Soll ich immer noch auf ihn aufpassen", ächze ich zurück, in der Hoffnung, sie könne es sich inzwischen doch anders überlegt haben. Aber dem ist keinesfalls so. „Na klar, was denkst du denn? Ich verlass mich ganz auf dich!", antwortet sie. Die schönen Tage sind also vorbei, ich werde den Glatzkopf am Hals haben.

Nach der Arbeit kaufe ich eine Schachtel Pralinen, als Willkommensgeschenk für den kleinen Gangster. Ob Pralinen das richtige sind, weiß ich nicht. Eine Prise Koks wäre ihm sicher lieber, befürchte ich.
Nachdem die Türen des Hauses zu sind und kein Beamter mehr unsere Ruhe stört, werde ich von einem der Männer in unserem Pavillon an das Gitter gerufen, dem Treffpunkt für alle Gelegenheiten. „Da ist einer, der dich sprechen will. Der traut sich aber nicht ohne deine Einwilligung hoch zu euch", teilt der grauhaarige Silvio mir mit. Der an sich nette Kerl hat sich gerade bei mir

unbeliebt gemacht. „Na dann schick ihn halt rauf", quäle ich mir als Antwort ab und bin bemüht, Silvio nicht merken zu lassen, wie wenig ich mich auf diese Begegnung freue.

Schüchtern, mit einem Lächeln auf dem Gesicht kommt ein kleiner Mann mit sauber kahl geschorenem Kopf die Treppe hoch. Nicht ein einziges Haar ist da noch zu sehen. „Ja, hallo dann, da bin ich also", sagt er mit dunkler samtiger Stimme.
Ja, da ist er also und mir schwinden fast die Sinne bei einem Blick in seine braunen Augen. Kann es sein, dass dieser Mann mich fasziniert? Nein, das ist unmöglich. Oder…?
Mit einem, wie mir scheint, fast zärtlichen Blick schaut er mich an, lächelt und reicht mir die Hand durchs Gitter. Sein Händedruck ist warm und angenehm fest. „Jessi hat gesagt, ich soll mich bei dir melden", sagt er und schmunzelt.
„Der kommt ganz fantastisch auch alleine klar", denke ich, sage aber nur: „Ja, wie kann ich dir helfen?"
Ohne weiter auf meine Frage einzugehen, erzählt er mir von seiner Haftzeit und wie er überhaupt in den Knast gekommen sei. Er sei mit Drogen erwischt worden. „Da hab´ ich wohl nicht aufgepasst", meint er und erzählt von seiner eigenen

Abhängigkeit. Damit sei aber nun Schluss, denn er hätte erfolgreich eine Therapie gemacht. Gesund sieht er aus, das muss ich zugeben. Kein Mensch würde auf die Idee kommen, dass dieser Mann einmal drogenabhängig gewesen ist. Vielleicht war er auch wirklich nicht so stark abhängig. Auf jeden Fall kann er interessant und nicht ohne Humor und Selbstironie erzählen.

Auch ich erzähle von mir und dem Knast in unserer kleinen Stadt. Er fragt, ob ich ihm die Stadt einmal zeigen würde, denn wir seien doch schließlich im offenen Vollzug und könnten uns auch außerhalb der Mauern bewegen. Das müsse man doch ausnutzen. Ich stimme zu, wenn auch mit einem etwas seltsamen Gefühl. Ob es richtig ist, sich mit diesem Gangster zu treffen? Will er wirklich nur mit mir durch die Stadt bummeln oder irgendwelche Drogengeschäfte erledigen?

Wir haben beide nicht bemerkt, wie schnell die Zeit vergangen ist. Plötzlich ist es dunkel im Haus und schon ganz still. Die anderen sind wohl alle schon zu Bett gegangen. Wir verabreden uns für den nächsten Tag. Gleich nachdem die Türen der Pavillons geschlossen worden sind, wollen wir uns wieder am Gitter treffen. Denn ein paar Tage wird es noch dauern, bis wir uns in der Stadt treffen können, da er zunächst einmal die Aufnahmeformalitäten erledigen muss. Bis dahin darf er nicht raus.

Kaum sind des Abends die Türen zu, kommt er ans Gitter. Das ist nichts Außergewöhnliches. Allabendlich treffen sich die Frauen und Männer des Pavillons dort. Es wird geredet, gemeinsam etwas getrunken und gegessen und irgendwann geht ein jeder in sein Zimmer.
Zwischen Chaled und mir wandern die Blicke hin und her. Jeder Blick gleicht einem kleinen Stromstoß. Irgendetwas ist da mit uns passiert. Der Abend rückt vor und wir sind schließlich alleine am Gitter. Vielleicht haben wir beide auf diesen Augenblick gewartet. Eingestehen würden wir uns das sicher nicht. Noch nicht.
Er kommt nah an das Gitter und fragt, wie mein Tag war und schaut mir dabei tief in die Augen. Mir wird fast schwindelig unter diesem Blick, aber ich reiße mich zusammen und erzähle möglichst unbefangen von den Ereignissen des Tages. „Ich höre dir gerne zu", sagt er und lächelt wieder.
„Wollen wir morgen, bevor du zur Arbeit gehst, noch einen Tee zusammen trinken?", fragt er und meint, dass er mir den unten, in der Küche der Männer, kochen würde. Wir Frauen dürfen

dort hinein und tun das auch des Öfteren, wenn die Männer uns zum Essen einladen. Wie könnte ich diesem Angebot also widerstehen? Ich sage zu und gehe beschwingt wie lange nicht mehr in mein Zimmer.

Am nächsten Morgen mache ich mich besonders schön Warum eigentlich? Will ich etwa etwas von diesem Kerl?

Er wartet schon, hält in jeder Hand einen Becher Tee. Wir setzen uns an den großen Tisch. Es ist still im Haus, die meisten sind schon auf dem Weg zur Arbeit. Ich trinke einen Schluck heißen starken Tees, halte den Becher mit beiden Händen umschlungen, das gibt mir Sicherheit, glaube ich wenigstens. „Stell den Becher hin, ich will deine Hände halten", höre ich ihn sagen. Gehorsam wie selten stelle ich den Becher auf den Tisch. Seine Hände umschlingen meine, sein Blick sucht meinen. Ganz nah kommt sein Gesicht an meines. „Ich muss immer an dich denken und das macht mich ganz nervös. Ich glaube, ich habe mich in dich verliebt", flüstert er und berührt sehr sanft mit den Lippen meine Wange.

Ich will es nicht, aber meine Knie werden weich und ich verliere die Kontrolle, mein Verstand scheint offenbar zu schlafen. Wie sonst würden plötzlich Worte aus meinem Mund schlüpfen,

die unmöglich mit meinem Verstand abgesprochen sein können. „Ich habe mich auch in dich verliebt", stammele ich und bin selbst am meisten erschrocken über das, was ich da gerade gesagt habe. „Wir sehen uns heute Abend wieder", murmelt er, dabei sanft meine Wange mit weiteren kleinen Küssen bedeckend.
Irgendwie schaffe ich es aufzustehen, ich muss schließlich zur Arbeit. Mit immer noch weichen Knien wanke ich aus dem Haus, schleppe mich zum Auto, hoffend, dass der Tag mich wieder zu einer vernünftigen Frau macht.
Nein, ich werde nicht wieder vernünftig, sondern verbringe den Tag damit gar allzu freudig dem Abend entgegen zu fiebern, denn dann werde ich Chaled wiedersehen.
Abends wartet er wieder auf mich, hat den Tee schon gekocht und schenkt mir die heiße rote Flüssigkeit in eine Tasse, gibt sie mir, schaut mich an und hält meine Hände in seinen. Beide umklammern wir so die Tasse.
Wir trinken beide von dem Tee, erst ich, dann er. Süß und sinnlich schmeckt er. „Ich kann jetzt raus", sagt er. „Wollen wir uns morgen Abend in meiner Wohnung treffen?" Ich wusste gar nicht, dass er eine Wohnung hat. Ich kann mir nur ein Zimmer leisten. Seine Familie hat ihm die Woh-

nung zur Verfügung gestellt, berichtet er. Jessi erzählte bereits, dass er einer nicht unvermögenden „Döner-Dynastie" entstammt. „Ja", hauche ich, „ich komme."

Morgen ist Freitag und ich habe früh Feierabend. Bis wir wieder in der Anstalt sein müssen, werden wir ein paar Stunden für uns haben. Chaled drückt mir einen Zettel mit der Anschrift in die Hand. Er hat alles vorbereitet. Dann gehe ich in den Frauentrakt, vorher allerdings verspricht er mir, auch heute Abend wieder an das Gitter zu kommen.

Die Zeit am Telefon im Callcenter will gar nicht vergehen. Als es endlich so weit ist, fliege ich zur Tür hinaus und fahre so schnell es geht zu der Adresse, die Chaled mir gegeben hat. Mitten in der Innenstadt, aber in einer ruhigen Seitenstraße, stehe ich vor einem gutbürgerlichen Wohnhaus. Ich drück die Klingel und hoffe fast, dass er nicht da ist. Aber schon ertönt der Summer.

Langsam und mit klopfendem Herzen gehe ich die Stufen hoch. Er erwartet mich an der Tür, nimmt mich zärtlich in die Arme, streift mir den Mantel ab und führt mich ins Wohnzimmer. Kerzenlicht taucht den Raum in weiches Licht. Modern ist die Einrichtung, nichts erinnert an

den Orient, wie es insgeheim gehofft hatte. Wenn ich mich schon auf diesen Abenteuer mit einem türkischen Gangster einlasse, dann will ich auch den Zauber des Orients erleben, oder zumindest das, was ich mir darunter vorstelle. Wahrscheinlich habe ich zu viele nicht unbedingt gute Filme gesehen.
Auf dem Esstisch stehen auf einem großen Tablett angerichtet herrlich duftende Köstlichkeiten. „Ich habe gekocht, setz dich und lass dich verwöhnen", sagt er und führt mich an den Tisch. „Da ist der dann doch, der Zauber des Orients. Gefüllte Weinblätter, roter Reis, gegrilltes Lammfleisch, gebratene und gefüllte Tomaten, Oliven, Auberginen und noch vieles mehr. Dazu gibt es Rotwein, nicht gerade getreu den islamischen Religionsgesetzen folgend, aber einfach herrlich.
Der rote Wein funkelt in den Gläsern, Wir prosten uns zu und schauen uns tief in die Augen. Zum Glück müssen wir heute erst spät zurück im Vollzug sein und so können wir uns Zeit lassen.
Wir reden und reden, stellen fest, dass wir über die selben Dingen lachen können und fühlen uns wohl miteinander. Irgendwann schaut er mir tief in die Augen und sagt ganz ohne Scheu: „Lass uns ins Schlafzimmer gehen. Ich will dich ganz!"

Er steht auf und nimmt meine Hand. Fast willenlos folge ich ihm. In den weichen Kissen bedeckt er meinen Körper mit tausend zärtlichen Küssen, erforscht seine Zunge meine Haut, nehme ich ihn in die Arme, streiche über seine dunkle Haut. Unsere Hände finden sich zum uralten Spiel der Liebe.

Benommen und glücklich ziehen wir uns wieder an. Wir müssen zurück in den Vollzug. Er hat keinen Führerschein und so fahren wir gemeinsam in meinem Auto zurück. Natürlich erregt das Aufsehen und es wird getuschelt. Aber das ist uns egal. Wir sind ja auch niemandem Rechenschaft schuldig. Naja, fast niemandem… Da ist immer noch Jessy, zur Zeit noch sicher verwahrt in geschlossenen Vollzug.

Wann immer es möglich ist, treffen wir uns draußen. Inzwischen dürfen wir beide bereits die Wochenenden außerhalb des Vollzuges verbringen, denn auch Chaled hat einen Job als Packer bei einer großen Automobilfirma bekommen. Das nutzen wir aus und verleben wunderbare Tage.

Freitags wird eingekauft, Chaled kocht und verwöhnt mich weiter mit seinen Kochkünsten. Samstags gehen wir ab und zu in ein nahe gelegenes persisches Restaurant. Der Besitzer kennt uns bereits und lässt es sich nicht nehmen, sich zu uns an den Tisch zu setzen. Chaled und er reden über Heimat und was die für sie bedeutet. Obwohl er nicht in der Türkei aufgewachsen ist, hat auch Chaled ein tiefes Gefühl für die Heimat seiner Vorfahren entwickelt. Seine Mutter ist eine wenn auch nicht strenggläubige Frau, so doch aber eine, die die Traditionen ihres Volkes hochhält. Auch das gehört zu Chaled, nicht nur der Umgang mit Drogendealern.

Ob er immer noch Kontakt zu seinen früheren Kumpels hat, weiß ich nicht. Wir reden nicht darüber. Chaled weicht dem Thema aus. Ich merke nur, dass er nicht viele Freunde hat und die meiste Zeit alleine oder mit mir verbringt. Das beruhigt mich, denn ich werte es als Zeichen eines neuen Lebens bei ihm. Und so ist es wohl auch. Er will neu anfangen, sich eine Existenz aufbauen. Auch hat er wieder Kontakt zu seinen Geschwistern aufgenommen, sieht diese jetzt wieder regelmäßig. Selber nimmt er keine Drogen mehr, selbst das abendliche Kiffen im Knast lehnt er ab. Es scheint ihm gut zu gehen.
Und auch uns geht es gut. Wenn wir den Abend im Vollzug verbringen müssen, setzen wir uns

auf eine der Bänke im großen Garten, die anderen gesellen sich dazu. Sie haben unsere Partnerschaft akzeptiert. Es sind ruhige, schöne Tage, voller Harmonie. Fast zu schön, als dass sie ewig andauern könnten.

Wir gehen gemeinsam einkaufen, suchen beim Gemüsehändler Tomaten und Oliven aus, gehen danach in ein Café und genießen frische Croissants und Cappuccino. Wir gehen abends in den Parks der Stadt spazieren oder treffen uns weiter am Gitter im Knast. Wir gehen weiter zum Perser essen, führen lange Gespräche, überlegen sogar, ob eine gemeinsame Zukunft möglich ist. Zwar widerspricht es meinem Selbstbild mit einem miesen kleinen Gangster zusammen zu sein, aber ich bilde mir ein, im Laufe der Zeit etwas aus ihm machen zu können, was auch immer…

Wir sehen uns Wohnungen an und überlegen, wie wir die einrichten könnten und planen einen Urlaub, sobald wir beide aus der Haft entlassen sind. Und er scheint tatsächlich solide geworden zu sein. Er geht regelmäßig zur Arbeit, hat sogar eine kleine Gehaltsaufbesserung bekommen und macht einen sehr zufriedenen und ausgeglichenen Eindruck.

Jessi habe ich aus meinen Gedanken schon fast verbannt. Ihre Anrufe aus dem Knast nehme ich nur selten entgegen und wenn, bin ich kurz angebunden. Natürlich ahnt sie, dass ich mich mehr um Chaled kümmere als sie sich das vorgestellt hat. Wenn sie auch nicht unbedingt eine intellektuelle Leuchte ist, so ist sie doch nicht gänzlich doof und scheint so allmählich zu begreifen, dass erstens ihr geliebter Gangster beileibe kein Unschuldslamm ist und zweitens nicht nur spindeldürre Blondinen mag.
Immer öfter ruft sie ihn an und fordert Rechenschaft über das, was er mit wem wo tut. Nicht selten werde ich unfreiwillige Zeugin dieser Anrufe. Sie kreischt, weint und schimpft am anderen Ende der Leitung, so laut, dass ich jedes Wort verstehe, ob ich will oder nicht. Ich will!
Mit leichtem bis mittelschwerem Unmut nehme ich dabei aber auch zur Kenntnis, dass Chaled ihr nicht sagt, dass jetzt wir zusammen sind und sie mit mehr oder weniger gelungenen Ausreden hinhält. Natürlich spreche ich ihn darauf an. Aber er weicht aus, meint, er könne ihr das jetzt nicht sagen, das würde sie zu sehr verletzen. Na und? Mich verletzt er doch auch. Andererseits muss ich zu meiner Schande gestehen, dass mir immer wieder Zweifel an der Beziehung kom-

men. Ist Chaled wirklich der Richtige für mich? Will ich den Rest meines Lebens mit einem Gangster verbringen, der noch nie in seinem Leben in einem Theater war, kaum je ein Buch gelesen hat und einen Bekanntenkreis hat, dem ich im Dunkeln nur höchst ungern begegnen würde? Ist unsere Beziehung nicht doch nur eine auf Zeit? Wundervoll in den Monaten der Haft, aber hat sie darüber hinaus Bestand? Solange es Jessi noch gibt, bewahrt mich das davor, mich ganz auf ihn einlassen zu müssen, zumal er immer öfter darauf drängt, dass er heiraten muss, um eine dauerhafte Aufenthaltsgenehmigung zu bekommen. Mir graut vor dem Gedanken, mit ihm vor dem Standesbeamten zu stehen. So sehr ich unsere gemeinsamen Stunden auch genieße, ich habe auch noch andere Ziele im Leben. Ich will in meinen alten Beruf als Lehrerin zurück, will wieder mit Menschen zusammen sein, die lesen, ins Theater gehen und den Unterschied zwischen einem Gourmet und einem Gourmand kennt. Ich schäme für diese Gedanken und spreche sie ihm gegenüber auch nie so deutlich aus. Was soll ich also tun?

Zehn Jahre später:
Chaled ist jetzt stolzer Besitzer einer recht gut gehenden Dönerbude. Tag für Tag sitzt er in einem bequemen Sessel vor der Tür, streicht über seinen inzwischen recht stattlich gewordenen Bauch und freut sich des Lebens. Ob er hin und wieder auch anderen Geschäften nachgeht, weiß ich nicht. Darüber spricht man nicht mit der Ehefrau. Jawohl, ich bin seine Ehefrau geworden, die er nach wie vor zärtlich liebt, wenn auch nicht immer ohne Kampf um die Vorherrschaft in der Ehe. Wir haben zwei Kinder, einen Jungen und ein Mädchen, ganz so wie es sich gehört.
Ich arbeite halbtags in meinem Beruf als Lehrerin, lese Bücher, Chaled nicht. Ich gehe ins Theater, manchmal sogar mit Chaled, aber meistens mit meiner Schwiegermutter Jamila. Sie ist mir eine gute Freundin geworden.
Jessi sitzt wieder im Knast, schon seit Jahren. Jamila hat dafür gesorgt. Kontakt zu Jessi haben wir nicht mehr, auch dafür hat Jamila gesorgt, aber das ist eine andere Geschichte.

Der Typ hat eine andere

Ich sitze im Knast, das ist schlimm genug. Aber ich habe da draußen ja einen ganz wundervollen Mann, der hält zu mir, was immer auch passiert. Auf den kann ich mich verlassen. So dachte ich bisher. Aber leider zeigte dieser wunderbare Mann sich ebenso anfällig für die Versuchungen der Welt außerhalb des Knastes wie eben die Mehrzahl aller Männer.

Wie immer am Wochenende rufe ich ihn an. Ganz beiläufig erfahre ich dabei von ihm, dass dieser harmlose Urlaubsflirt, den ich in meiner grenzenlosen Toleranz nicht weiter ernst genommen habe, gerade an diesem Tag in seine Wohnung eingezogen ist. Ich glaube meinen Ohren nicht zu trauen. Das kann doch einfach nicht wahr sein! Ist es aber doch!

Aber damit nicht genug. Zu allem Überfluss wird mir diese harmlose Urlaubsbekanntschaft auch noch in den leuchtendsten Farben geschildert. Vor meinen Augen entsteht das Bild eines reinen, geradezu engelhaften Wesens, und so niedlich und süß. „Niedlich und süß" – wie ekelhaft! Niedlich und süß ist immer auch doof und klebrig. Nee, niedlich und süß wollte ich wahr-

lich nie sein, was mir jetzt denn auch vorgeworfen wird. Ich bin in der Tat kein so engelsgleiches Wesen, wie diese Frau, die da so schnell zu dem Mann gezogen ist, den ich bis dato als den meinen betrachtet habe. Ich bin überhaupt kein Engel, will auch keiner sein. Im Gegenteil! Ich wünsche dieser Frau die Pest an den Hals und Pickel ins Gesicht. Aber das ganz aufrichtig!
Mehr wütend als enttäuscht beende ich das Telefonat mit diesem abtrünnigen Schuft. Und wieder einmal bekomme ich zu spüren, wie begrenzt das Leben im Knast ist. Wäre ich jetzt in Freiheit, würde ich eine Freundin anrufen und ihr mein Leid klagen. Das würde ich bei einem opulenten italienischem Essen mit reichlich Wein tun. Wir würden in beseelter Stimmung auf alle Männer dieser Erde schimpfen und ansonsten das gute Essen und den Wein genießen.
Stattdessen sitze ich in meiner winzigen Zelle und könnte platzen vor Wut und mittlerweile auch Enttäuschung und Selbstmitleid. Eine Flutwelle von Liebeskummer oder dem, was ich dafür halte, schwappt über mich hinweg. So ein Schuft, so ein mieser Schuft! Und überhaupt gibt es auf der ganzen Welt nirgendwo mehr einen Menschen, der mich liebt oder von dem ich geliebt werden will!

Am nächsten Morgen muss ich feststellen, dass die nächtliche Heulerei auch nicht gerade ein niedliches Engelchen aus mir gemacht hat, eher das Gegenteil. Ich sehe aus wie eine aufgedunsene Kartoffel. Alles seine Schuld! Ich klage den anderen Frauen mein Leid, wenigstens sie verstehen mich und verfluchen diesen Mann und überhaupt alle Männer. Gut so! Das hilft mir!
Ich kann es nicht ändern. Der Typ ist weg. Den kriege ich nicht wieder. Aber nachdem ich einige Wochen in Liebeskummer und Selbstmitleid geschwelgt habe, wird mir bewusst, dass ich so viel eigentlich auch nicht verloren habe. Im Grunde geht es mir ohne diesen Mann doch gar nicht so schlecht. Brauche ich denn überhaupt einen Mann?

Hozan

Ich habe einen neuen Freund, natürlich auch wieder einer aus dem Knast. Er ist mir mehr oder weniger zugelaufen. Er rief mich vor ein paar Tagen auf dem Handy an und fragte, ob ich Lust hätte, mit ihm essen zu gehen. Er hätte mich öfter auf dem Hof gesehen und fände mich sehr schön. Naja, warum nicht, dachte ich, denn ich hatte eh nichts anderes vor und fühlte mich geschmeichelt. Die aufgezwungene Enthaltsamkeit des festen Vollzuges steckt mir noch immer in den Knochen.
Also treffen wir uns in dem kleinen jugoslawischen Restaurant nahe des Vollzuges. Da haben wir es wenigstens nicht so weit zurück. Der große schwere Mann mit schwarzem Vollbart betritt den Raum. Wirklich attraktiv finde ich ihn eigentlich nicht. Magda schwärmt von ihm, aber sie hat einen etwas merkwürdigen Geschmack was Männer angeht. Sie steht auf echten Kerlen, die auch danach aussehen und sich auch so benehmen, da darf es auch schon mal etwas härter zugehen.
Er setzt sich zu mir an den Tisch und dankt dafür, dass ich gekommen bin. Na, das zeugt doch

zumindest von gutem Benehmen oder so etwas ähnlichem. Wir bestellen, er nötigt mich zu der großen Grillplatte, eigentlich viel zu viel, aber Schweinefleisch ist nicht drauf, da hat er vorher nachgeschaut. Und ich denke: „Aha, er ist so wie er aussieht, ziemlich konsequent." Davon haben wir einige im Vollzug. Manche von ihnen dealen zwar, nehmen selber aber niemals irgendwelche Drogen. Und ansonsten hocken sie immer wie eine eingeschworene Gemeinschaft zusammen.
Aber Hozan, so der Name meiner neuen Eroberung, oder bin ich seine, bricht aus, indem er sich hier mit mir trifft. Ich passe eigentlich nicht in seinen Kreis. Wahrscheinlich erhofft er sich nur ein schnelles Abenteuer. Das finde ich legitim, denn mehr werde ich auch nicht wollen. Aber reizvoll wird er mit jedem Schluck Rotwein mehr, das muss ich zugeben. Seine volle sonore Stimme klingt schön, wenn er von seiner Heimat erzählt. Es ist wohl der Reiz des Fremden.
Aber unsere Unterhaltung schleppt sich schon nach einer guten halben Stunde mehr schlecht als recht dahin. Worüber sollten wir auch reden? Aber das Essen ist gut und pappsatt gehen wir zurück in den Vollzug. Er fragt, ob wir uns mal wieder treffen könnten? Ja, warum denn nicht? Es ist im Moment kein anderer Mann da.

Wir treffen uns in den nächsten Wochen öfter. Immerhin erweist er sich als äußerst praktisch veranlagt und besorgt mir einen Kühlschrank für mein Zimmer. Er bringt ihn auch gleich her. Rosen schenkt er mir auch, die sind schön, aber weit weniger praktisch.

Auch ihn reizt das Fremde, wenn er es in mir auch nicht wirklich tolerieren will oder kann. Er erzählt mir, wie wichtig ihm seine Kultur sei. Als ich ihn frage, was denn mit meiner sei, guckt er mich nur groß an. Überhaupt scheint er einem Frauenbild nachzuhängen, wie es archaischer nicht sein könnte. Ein schönes Beiwerk sollen wir Frauen sein. Ob uns etwas bewegt oder umtreibt, ist nicht von Belang. Verwöhnen will er mich, was mich interessiert oder beruflich beschäftigt, ist nicht weiter wichtig. Er nimmt nur die äußere Hülle meiner Person wahr.

Trotzdem, oder vielleicht gerade deshalb, meint er schon nach wenigen Tagen, dass ich eigentlich eine „gute Frau" sei und er sich mit mir weit mehr vorstellen könne. Er hätte auch schon mit seiner Mutter telefoniert, die freue sich schon darauf, mich kennenzulernen. „Na denn…", denke ich und bekomme es mit der Angst zu tun. So war das alles aber nicht gemeint. Ich sehe mich schon verschleiert in einem Harem sitzen, all

meiner Rechte beraubt, die Welt nur noch durch vergitterte Fenster betrachtend. Das kenne ich aus dem geschlossenen Vollzug und das will ich ganz bestimmt nicht wiederholen.
Umso mehr graut mir vor einer ernsthaften Bindung, als er sich im Bett als Niete erweist. Wahrscheinlich fehlt es ihm einfach an der nötigen Übung. Was mir ja auch leid tut, sich aber mangels seiner Fähigkeit oder Willigkeit auf dem Gebiet Neues zu lernen, auch nur schwer beheben lässt.
Als wir einen Spaziergang in einem Wäldchen am Fluss machen, entdeckt er plötzlich seine Libido und meint, seiner Lust auch sofort nachgehen zu müssen. Mir dagegen ist nicht unbedingt nach Sex zumute. Er versteht das nicht und wir streiten. Ziemlich unsanft nimmt er mich in den Arm und will nehmen, was er meint, das ihm zusteht. Aber so einfach ist das nicht. „Du wirst mich nicht vergewaltigen", schreie ich ihn an, was ihn aber nur deshalb beeindruckt, da eine Vergewaltigung sich ganz sicher sehr ungünstig auf seinen weiteren Strafverlauf auswirken würde. Das weiß er. Nicht gerade versöhnt gehen wir zurück in den Knast. Treffen werde ich ihn nicht mehr.

Carlos

Da steht er wieder am Tor und wartet auf mich. Er will mich verabschieden, bevor ich, wie jeden Morgen, den Knast verlasse, um zur Schule zu gehen. Nach den Jahren im geschlossenen Vollzug genieße ich diese Freizügigkeit im offenen Vollzug. Wir sind noch immer in Haft, aber viele von uns arbeiten draußen, vor den Gittern. An einen Alltag in Freiheit sollen wir uns hier wieder gewöhnen, aber wir leben immer auch in zwei Welten, in einer vor und einer hinter den Mauern. Nicht immer ist das miteinander in Einklang zu bringen. Und oft genug weiß man nicht, wohin man eigentlich gehört? Tagsüber sind wir Teil der freien Welt und leben nach den Regeln dieser, entscheiden selber darüber, was wir wann und wie tun. Aber sobald wir abends wieder im Vollzug sind, dürfen wieder die Schließer entscheiden, was für uns gut und richtig ist. Sie dürfen unsere Taschen kontrollieren und legen fest, welche Jobs wir annehmen dürfen oder eben auch nicht.

Carlos ist der Name dieses so charmanten Jungen mit dem verwegen um den Kopf geschlungenem Tuch. Seine schönen braunen Augen blicken mir entgegen, mustern mich von oben bis unten. Was er sieht, scheint ihm zu gefallen. Und das sagt er auch. „Gut schaust aus!", ruft er mir zu. Ich höre ihn gerne reden, mache mich manchmal auch ein wenig lustig über seinen hessischen Akzent, der hier im Norden so fremd klingt, besonders für einen gebürtigen Spanier. Das entspricht nicht den Erwartungen, zumindest nicht meinen.

In seinem Ruf schwingt ein Ton von Siegesbewusstsein mit, aber noch ist es nicht so weit, noch interessiert mich dieser hübsche Junge nicht, rede ich mir jeden Tag aufs Neue ein. Zwar lächle ich ihn an, aber ein solches Lächeln wird jedem gewährt, der mir morgens über den Weg läuft. Schließlich lebe ich in diesem Knast mit rund achtzig Männern zusammen, die irgendwie alle meine Mitbewohner sind, ich muss und will mit ihnen auskommen, aber keiner von ihnen interessiert mich wirklich. Nett und freundlich bin ich zu jedem, warum auch nicht? Sie sind es ja auch zu mir. Aber mein Kopf ist voll mit anderen Dingen. Da ist der Englischkurs, den ich gleich nach der Verlegung vom festen Vollzug in den offenen begonnen habe, ein dreimonatiger Kurs auf für mich hohem Niveau, der mit einer ziemlich umfangreichen Prüfung abschließt, die ich unter allen Umständen bestehen will. Zudem ist dieser Kurs meine erste Gelegenheit nach drei Jahren des Einschlusses, mich in der freien Welt wieder zu behaupten, was mir ganz gut gelingt, wie ich zu meiner eigenen Verwunderung feststellen muss. Man scheint mir meine augenblickliche Herkunft nicht anzusehen.

Was also soll ich mit diesem ohnehin für mich viel zu jungen Mann anfangen? Und was um Himmels Willen will er von mir? Seitdem er hier vor ein paar Wochen angekommen ist, stellt er mir schon nach. Nur ein paar Tage war er im Festbau, dann haben sie ihn gleich in den Offenen gebracht, aber er hat ja auch nur eine Geldstrafe abzusitzen. Allerdings, das habe ich bereits von anderen erfahren, hat er schon einige Jahre hinter Gittern verbracht. Er soll längst nicht so unschuldig sein, wie er aussieht. In Süddeutschland soll er mehrere Jahre wegen „nicht unerheblicher Delikte" eingesessen haben, hat eine Schließerin mir unter dem Siegel der Verschwiegenheit erzählt. Welche Delikte das waren, habe ich nicht von ihr erfahren können und trotz der ständig gärenden Gerüchteküche im Knast auch nicht von meinen Mitgefangenen. Und in der Tat macht er einen recht knasterfahrenen Eindruck.

Ich mache mich auf den Weg zur Schule, verdränge die Gedanken an Carlos. Und tatsächlich gelingt es mir, in der Schule nicht an ihn zu denken, da sind zu viele andere, neue Eindrücke, die mich fesseln. Da sind Menschen, die mit dem Knast nichts zu tun haben, die mich aber reizen, viel mehr als jeder Knacki. Von denen habe ich im Vollzug genug. Im Moment ist es sehr viel aufregender, das Leben außerhalb der Mauern zu genießen. Schließlich war ich drei lange Jahre davon ausgesperrt. Da habe ich viel nachzuholen und sei es auch nur in Form von Kaffeehausbesuchen nach der Schule mit den Kommilitonen.

Erst als ich am Abend pünktlich, aber nicht zu früh, in den Knast zurückkehre, begegne ich Carlos wieder. Er scheint wieder auf mich gewartet zu haben, jedenfalls steht er bereits wieder an der Pforte als ich komme. Er begleitet mich in meinen Pavillon, was nicht weiter auffällig ist, da das auch seiner ist.

Wir sind in auf einem parkähnlichen Gelände in fünf Pavillons untergebracht, nur einer davon wird von Frauen und Männern gemeinsam bewohnt, was wohl noch nie ohne eine gewisse Brisanz war. Auch mich hat man vor meiner Ankunft vor den Männern im Offenen gewarnt, als seien das alles wahre Sexmonster. Aber es

stimmt wohl, dass es schon immer hier sehr schnell zu irgendwelchen Liebesbeziehungen gekommen ist. Es liegt wahrscheinlich daran, dass wir alle ein gewisses Nachholbedürfnis nach der Zeit im geschlossenen Vollzug haben.
Aber ich wähne mich davor gefeit, mit einem Knacki will ich keine Beziehung eingehen, jedenfalls mit den Wenigsten von ihnen, was aber sicher auch daran liegt, dass nur sehr wenige von ihnen einigermaßen attraktiv sind. Ausgeschlagene Zähne oder Tattoos auf den Oberarmen haben mich noch nie faszinieren können. Ich bin vielmehr fest entschlossen in die bürgerliche Welt zurückzukehren und weiß doch nicht einmal mehr, was genau ich darunter verstehe oder ob ich dort noch willkommen bin. Aber ich will nichts mehr mit Drogen zu tun haben oder mit irgendwelchen krummen Geschäften. Da bin ich ganz sicher.
Es ist noch kalt am Abend und so gehen wir schnellen Schrittes auf unseren Eingang zu. Ich verabschiede mich mit einem Lächeln und will in unsere Abteilung verschwinden. Doch der schöne junge Mann hält mich zurück und fragt, ob ich noch eine Tasse Kaffee mit ihm trinken würde, er hätte auch schon alles vorbereitet. Irgendwie lässt die Situation es nicht zu, dass ich ab-

lehne. Ich will schließlich nicht als unfreundlich oder gar arrogant gelten. Mir liegt schon etwas an der Meinung meiner Mitbewohner über mich. Und so setze ich mich mit in die Küche der Männer. Diese darf auch von uns Frauen betreten werden. Umgekehrt dürfen die Männer aber keinen Fuß in unseren Bereich setzen, der sogar abends abgeschlossen wird, um uns vor den Nachstellungen der männlichen Mitbewohner zu schützen. Die Türe wird verriegelt und ansonsten schützt uns ein Gitter, das quer über den Flur gebaut wurde, vor den Zudringlichkeiten der Männer. Aber die Vergitterung lässt doch Blicke und Gespräche zu, nur das Betreten unseres Bereiches wird verhindert. Mir ist das noch ganz recht so.

Er schenkt den Kaffee ein, wir setzen uns und ich muss mir selbst eingestehen, dass er mir gut gefällt. Seine Bewegungen sind von einer katzenhaften Geschmeidigkeit, ein sehr ästhetischer Anblick, nicht ohne einen gehörigen Schuss Erotik, finde ich und bin fast ein wenig bezaubert. Er weiß mit seinem schlanken, aber durchtrainierten Körper umzugehen. Als er mir die Kaffeetasse reicht, stelle ich fest, dass ich selten einen Mann mit so schönen Händen gesehen habe. Man sieht ihnen die männliche Kraft ebenso an wie die Fähigkeit zärtlich zu sein. Er schaut mich an und in mir kommt der Verdacht auf, dass ich mich in Acht nehmen sollte, sonst könnte dieser Mann mir eines Tages doch nicht mehr ganz so egal sein, wie ich es in diesem Moment noch gerne hätte. Zudem muss ich feststellen, dass er hinter der manchmal noch so jugendlichen Fassade ein richtiger Kerl steckt. Diese Mischung zog mich schon immer an. Trotzdem ist er mit seinen dreiunddreißig Jahren zwölf Jahre jünger als ich, also zu jung. Aber ist es nicht völlig egal, wie alt ein Mann ist, mit dem ich nur mal eben einen Kaffee trinke? Was mache ich mir überhaupt Gedanken über sein Alter?

Wir reden über unsere Wolfsburg, das ist der inoffizielle Name des offenen Vollzuges, so genannt nach der Straße, in der sich unsere Anstalt befindet. Er sagt mir, dass er mich zuerst für eine Beamtin gehalten hätte, ohnehin sehr überrascht gewesen sei, dass hier Männer und Frauen gemeinsam untergebracht seien. Vom ersten Augenblick an sei ihm klar gewesen, dass er mit mir „etwas anfangen wolle", wie er es ausdrückt. Und das wagt er mir so ganz unverhohlen zu sagen! Mir verschlägt es die Sprache. Auf so viel Unverfrorenheit war ich nicht vorbereitet. Aber wir können erstaunlich gut miteinander über alle

möglichen Themen reden, stelle ich nach der Kaffeestunde mit ihm fest. Viel zu gut. Da spüre ich bereits den Beginn einer Vertrautheit, gegen die ich noch eisern entschlossen bin, mich zu wehren.
Zwei andere Insassen kommen in die Küche, ebenfalls Spanier wie Carlos. Sie reden miteinander und blicken mich dabei an. Ich verstehe kein Spanisch, höre es aber gerne, noch lieber, wenn Carlos es spricht. Es klingt so schön melodisch aus seinem Mund, weicher als bei den anderen Männern. Offensichtlich weiß hier jeder, dass Carlos mich mag und fest entschlossen ist, mich zu erobern. Er hat das wohl schon kundgetan und die anderen haben Wetten darauf abgeschlossen, wie erfolgreich er letztlich sein wird. Die Männer scheinen mit Wohlgefallen zu registrieren, dass er in seinen Bemühungen einen Schritt weiter gekommen ist. Mehr als der Wettsieg, zählt die Eroberung einer Frau.
Als ich mich endlich doch verabschiede, schaut er mir tief in die Augen, ergreift meine Hand und hält sie einen Moment zu lange fest. Aber es ist ein zu schönes Gefühl, seine Hand um meine zu spüren, als dass ich sie ihm entziehen könnte.
Ich gehe die Treppe hoch, in den Bereich der Frauen, treffe dort auf Margot, meine vertraute

Freundin hier im Knast. Ganze Nächte verbringen wir damit, zusammen in unserem kleinen Wohnzimmer im Frauentrakt zu sitzen und zu reden. Sie hat mir vieles über die Probleme mit ihrem Mann erzählt, der nicht ganz so lebenslustig ist wie sie und sie deshalb manchmal langweilt und auch über ihre zwei Liebhaber weiß ich Bescheid. In Liebesdingen ist sie nicht nur sehr erfahren, sondern oft auch geradezu skrupellos. Im Gegensatz zu ihr lebte ich bisher wie eine Nonne.
Sie schaut mich so seltsam an und weiß anscheinend ganz genau, mit wem ich die letzte Stunde verbracht habe. Schon seit Tagen liegt sie mir damit in den Ohren, dass Carlos mich offensichtlich möge und ja auch ein ganz toller Mann sei. Wahrscheinlich hat sie mitgewettet. Nun scheint sie voller Befriedigung darüber, dass Carlos und ich ein gemeinsames Kaffeestündchen hatten. Sie erzählt mir, dass er angeboten hätte, ihr die Nägel zu maniküren und ob ich mir meine nicht auch von ihm machen lassen wolle. Nein, das will ich nicht! Das ist mir entschieden zu intim. Überhaupt, wie kommt ein Mann auf die Idee, Frauen die Nägel zu maniküren? Woher sollte er das denn können? Aber sie lässt sich nicht irritieren und verabredet bereits für den nächsten

Abend einen Termin. Mir ist das nicht recht und ich habe auch nicht die Absicht, zu diesem Stelldichein der Schönheit zu erscheinen. Ich werde diesen Mann doch nicht stundenlang an meinen Händen herumfummeln lassen!

Am nächsten Abend steht er schon vor der verabredeten Zeit da und kann es kaum erwarten, meine Hände in den seinen zu halten und ich bin sicher, dass er mehr ergreift als nur die Hand, sollte ich ihm diese tatsächlich reichen. Mit einer Maniküre wird dieser Mann sich nicht zufrieden geben. Margot hat er bereits die Nägel verschönert und das auch noch wirklich gut. Sie ist ganz begeistert und wedelt mit ihren nun knallrot lackierten Fingern mir vor der Nase herum. In der Küche der Männer ist alles vorbereitet. Zunächst noch widerstrebend reiche auch ich ihm dann doch meine Hand, um sodann in ein Reich der Sinne abzutauchen, das mir für lange Zeit fremd geworden war. Wann hat das letzte Mal ein Mann so meine Hand gehalten? Ich kann mich nicht daran erinnern. Wann habe ich mich überhaupt das letzte Mal wie eine begehrte Frau gefühlt? Und wirklich begnügt er sich nicht mit einfachen Nagelpflege, ganz wie ich es befürchtet oder doch vielleicht im Geheimen erhofft hatte. Vielmehr beginnt er meine Finger zärtlich zu streicheln, und wieder spüre ich die Kraft und Zärtlichkeit seiner Hände. Seine Blicke ruhen auf mir. Wir reden nicht viel, das ist auch nicht nötig. Gesten und Blicke sind ausdrucksstärker als alle Worte. Diese Maniküre lässt mich ahnen, was auf mich zukommt, wenn ich mich auf das unverhohlene Angebot dieses Mannes einlasse. Noch bin ich nicht so weit, aber doch schon genügend verunsichert in meinen Grundfesten, um nicht mehr alles auszuschließen.

Aber erst einmal gilt es die Prüfung in Englisch zu bestehen. Jeden Tag treffe ich mich in den nächsten Wochen mit meinen Kommilitonen, um für das Examen zu pauken. Wieder ist da kaum Platz für andere Dinge. Zwar sehe ich Carlos täglich, immer schaut er mich zärtlich an, immer hat er ein Kompliment für mich bereit. Aber in meinem Kopf ist nur Platz für die Prüfung, bis diese dann endlich bestanden ist und mein Hirn wieder frei ist. Schneller als erwartet finde ich einen Job bei einer kleinen Zeitung, wenn auch befristet auf ein paar Monate als Vertretung für eine erkrankte Sekretärin. Auf die Arbeit dort freue ich mich. Ich werde sicher nette Kollegen haben, neue Bekanntschaften schließen und meinen ersten Schritt zurück in ein normales Berufsleben machen. Vor mir liegen ein paar entspannte und stressfreie Wochen, denn Karriere kann ich dort nicht machen, die eigentliche Sekretärin kommt ja zurück und dann ist für mich dort Schluss. Aber für den Start in die Freiheit ist das in Ordnung. Und danach wird man weitersehen. Ich werde wieder offener und empfänglicher für die schönen Dinge des Lebens und auch für noch ganz andere Sachen. Da keimt so eine Sehnsucht in mir auf, die stärker wird, wenn ich Carlos sehe.

Einige Zeit nach meiner Prüfung stehen wir mit ein paar Insassen des Pavillons abends am Gitter zwischen Frauen- und Männertrakt, einem beliebten Treffpunkt für nächtliche Gespräche – und um diese Zeit auch der einzige. Die Türen sind bereits verschlossen, die Beamten werden uns nicht mehr durch ihre Kontrollen stören. Carlos hat ein paar Flaschen Wodka besorgt, Joints werden gebaut, Hasch ist genügend vorhanden. Alle sind bester Stimmung, auch ich. Endlich ist der Druck von mir gewichen, die Prüfung liegt hinter mir. Ich habe das Gefühl, meine erste Zerreißprobe in der Welt außerhalb des Knastes bestanden zu haben und fühle mich großartig. Wohl auch deshalb kann ich mich wieder mehr auf die Menschen im Knast einlassen, die ich noch immer als meine Familie betrachte. Hier fühle ich mich zuhause und sicher. Hier muss ich nichts von mir verstecken.

Die Musik spielt, wir reden, sind lustig, Wodka und Joint machen die Runde. Beim Wodka sage ich nicht Nein, den Joint lehne ich ab. Gekifft habe ich noch nie. Carlos lehnt weder das eine noch das andere ab, auch seine Stimmung ist bestens.

Irgendwann greifen seine Hände durchs Gitter und er zieht mich ein wenig beiseite, schaut mich an und sagt: „Ich würde dir jetzt gerne einen Kuss geben." Er sagt es ganz leise aber auch sehr eindringlich mit einem tiefen Blick in meine Augen.

Liegt es am Wodka, an der lockeren Stimmung oder an meinen doch bereits vorhandenen Gefühlen für Carlos, dass ich Ja sage? Ach was, ich schmelze geradezu dahin. Durch die Gitter hindurch zieht er meinen Kopf zu sich heran, berührt sanft mit seinen Lippen meine, öffnet zart mit seiner Zunge meinen Mund. Unsere Zungen spielen miteinander und ich glaube in einer Welt der unendlichen Zärtlichkeit zu versinken. Wieso kann dieser hübsche Junge so verdammt gut küssen? Und ich weiß, dass ich mit diesem Kuss verloren habe. Ich spüre, dass das der Anfang einer sehr intensiven Geschichte ist. Vielleicht haben die doch mitfühlenden und um die Sehn-

süchte der Knackis wissenden Konstrukteure dieses Gitter es absichtlich nur mit einigermaßen weit auseinanderstehen vertikalen Streben versehen und mit nur sehr wenigen horizontalen. Küssen lässt es sich jedenfalls trotz Gitter sehr gut.
Am nächsten Tag haben wir beide Urlaub beziehungsweise Ausgang. Das heißt, wir werden den Tag außerhalb des Knastes verbringen, ich auch die Nacht, deshalb heißt meine Nichtanwesenheit auch Urlaub. Er wartet vor dem Tor auf mich. Ich hatte versprochen, ihn nach Hause, zu seiner Frau, zu fahren. Ja, er ist verheiratet, aber das bedeutet ihm nichts mehr, sagt er. Zärtlich mustert er mich, sagt mir, wie schön er mich findet. Aber auch ich finde ihn sehr schön in seiner weiten weißen Rapperhose, seinem weißen Muscleshirt, das seinen braunen muskulösen Oberkörper wirkungsvoll zur Geltung bringt. Um den Kopf hat er wieder eines seiner Tücher geschlungen. Wie ein schöner Pirat steht er vor mir. Der inzwischen auch bei uns im Norden angekommene Frühling kommt seinem Kleidungsstil entgegen. Wir setzen uns in mein Auto, ich fahre los und er sieht mich an, schaut mich einfach nur an, lächelt und scheint glücklich zu sein. Er weiß, dass er gewonnen hat.

Er fragt mich, ob wir am Bahnhof noch gemeinsam einen Kaffee trinken wollen, bevor jeder seines Weges geht? Ich bin einverstanden. Wir setzen uns in ein Café, bestellen jeder einen Cappuccino. Recht verliebt schaut er mich an und recht frech, wie ich finde. Er steht auf, müsse noch etwas erledigen, sagt er und verschwindet für eine kurze Weile. Als er wieder zurückkommt, hält er eine langstielige blutrote Baccararose in den Händen. Mit einem bezaubernden Lächeln überreicht er sie mir mit den Worten: „Weil du so schön bist wie diese Rose." Ich bin überwältigt. Von nun soll diese Rose vorne auf dem Armaturenbrett meines Autos liegen, sie soll dort trocknen und mich immer an diesen wundervollen Abenteurer erinnern. Im selben Moment wird mir bewusst, dass ich beginne kitschig zu werden. Bin ich schon so verliebt?
Vor seiner Haustür angekommen, haucht er mir ein Küsschen auf die Wange und sagt, dass er sich auf Morgen freue, darauf, mich dann wieder zu sehen. Ja, ich freue mich auch darauf.
Das Wochenende verbringe ich in meiner Wohnung, abends bin ich bei Freunden eingeladen, denke aber die ganze Zeit daran, am Sonntagabend Carlos wieder zu sehen. Er ist bereits da, als ich zurückkomme, wartet schon auf mich, hat

wieder Kaffee gekocht. Wir sitzen erneut zusammen in der Küche der Männer und reden, über seine zerrüttete Ehe, seine Träume und auch seine Enttäuschungen. Er fragt mich, ob ich nach Einschluss noch ans Gitter käme, er wolle so gerne noch ein wenig weiter mit mir reden? Ja, ich werde kommen.
Und so treffen wir uns abends am Gitter. Er hat Joints, Schokolade und Cola mitgebracht. Er erzählt mir von seiner Kindheit, von seinen Geschwistern, von dem toten Bruder, den er meint auf dem Gewissen zu haben, weil er das Auto gefahren hat, in dem dieser ums Leben kam. Das drückt schwer auf seiner Seele. Dann baut er sich einen Joint. Ich sehe ihm dabei zu und bewundere wieder seine schönen Bewegungen. Es ist ein sehr ansprechender Anblick, ihn einen Joint bauen zu sehen. Kiffen gehört zu seinem täglichen Leben. Das stört mich nicht. Im Gegenteil, ich finde den Geruch von Gras oder Hasch angenehm und überhaupt entsteht durch das Kiffen eine ruhige, friedliche Atmosphäre. Und irgendwo, ganz hinten in meinem Kopf, taucht der Gedanke auf, dass ich doch mit all dem nichts mehr zu tun haben wollte. Auch ich erzähle von mir, von meinem Leben vor dem Knast. Da war nichts Aufregendes, ich bin eben irgendwie rein-

gerutscht in die Misere, habe Geld unterschlagen, nicht für mich, aber für den Mann, den ich damals glaubte zu lieben. Nein, so weit würde ich heute für keine Liebe mehr gehen, glaube ich. Es ist weit nach Mitternacht, als wir uns endlich mit einem zärtlichen Kuss trennen.

Ich frage mich, ob er auch vor den Mitgefangenen zu unserer gerade erst beginnenden Beziehung stehen wird? Wie wird er vor den anderen damit umgehen? Wird er Frotzeleien fürchten, Angst haben vor dummen Bemerkungen? Ich bin schließlich einige Jahre älter als er. So eine Beziehung fordert Mut von einem Mann. Von der Frau allerdings auch. Ich erfahre es, als ich kurze Zeit später mit ein paar anderen Mitgefangenen im Garten stehe und plaudere. Carlos kommt dazu, nimmt mich wie selbstverständlich in die Arme, gibt mir einen zärtlichen Kuss und hält mich fest umschlungen. Die anderen wissen nicht, was sie sagen sollen, haben Schwierigkeiten so plötzlich mit einer so offen gelebten Liebe in den eigenen Reihen angemessen umzugehen. Beziehungen unter den Inhaftierten sind zudem von den Beamten nicht gerne gesehen, wenn auch nicht ausdrücklich verboten. Wie sollte man sie auch verbieten? Und auch viele Insassen tun sich schwer mit Liebesbeziehungen zwischen den Mitgefangenen. Da spielt dann auch ein gewisser Neid eine Rolle. Man hätte doch selbst auch so gerne eine Beziehung, einen Menschen, mit dem man das Leben und den Alltag teilen kann. Aber Regeln dieser Art interessieren Carlos nicht. Er ist verliebt und er wird diese Liebe leben, gegen alle Widerstände. Vielleicht reizen ihn Widerstände sogar.

Von da ab ist denn aber auch für alle klar, dass wir ein Paar sind und zusammen gehören und das wird fortan allgemein akzeptiert. Die anderen haben vermutlich auch kaum eine andere Wahl. Was sollten sie denn tun? Zwar werden wir von den Beamten argwöhnisch beäugt, aber einschreiten können oder wollen auch sie nicht. Die Mitgefangenen gehen, ganz entgegen sonstiger Gewohnheiten, sehr schnell dann doch erstaunlich locker mit unserer vor aller Augen gelebten Liebe um. Sie zeigen sich sogar bald recht tolerant und scheinen uns das Glück wirklich von Herzen zu gönnen.

Wir treffen uns täglich abends am Gitter. Ganz leise, im Dunkeln erzählen wir uns unser Leben, erzählen von unseren Wünschen und Hoffnungen. Nie ist da eine Schranke. Wir können uns alles sagen. Der Mann, der vor ein paar Tagen noch ein großer hübscher Junge für mich war, wird nun mein Vertrauter, mein Freund und schon bald auch mein Liebhaber.

An einem dieser Abende gesteht er mir, dass er im Besitz einer Waffe sei, gut versteckt sei diese, aber er könne sie jederzeit holen. Und auch mir wolle er das Schießen beibringen, schließlich sei es immer von Nutzen, diese Fertigkeit zu beherrschen. Ich will nicht schießen lernen, sage ihm das auch, aber er sieht das anders. Er meint, mich zu schützen, indem er mich den Umgang mit Waffen lehrt. Er gesteht nicht nur den Besitz eines in meinem bisherigen Leben einfach nicht vorkommenden, gefährlichen Gegenstandes, sondern auch, was er alles bereits mit dieser Pistole gemacht hat. Er spricht von Schutzgelderpressungen und Überfällen. Ja, er hätte diese Waffe bereits mehrfach benutzt. Und würde dieses Ding jemals gefunden werden und die Polizei es untersuchen, so müsste mein schöner Pirat ganz sicher mit einigen Jahren hinter Gittern rechnen. Aber er hat immer Glück gehabt, ist nie erwischt worden. Und ich fühle mich wie in einem schlechten Krimi.

Er ist nicht stolz auf seine Taten, vielmehr spüre ich in ihm den Wunsch, sich das alles einmal wenigstens von der Seele reden zu können, wenn es denn schon nicht ungeschehen gemacht wer-

den kann. Er scheint unter der Vorstellung zu leiden, einem anderen Menschen so viel Angst gemacht zu haben, dass dieser vielleicht sein Leben lang von den Erinnerungen an die Stunden mit dem eine Knarre in der Hand haltenden Carlos nicht wieder loskommt. Um vermeintliche Schulden bei irgendwelchen Hehlern einzutreiben, hat er einen Menschen mit seiner Pistole bedroht, dieser hat vor Angst geheult wie ein Kind. Es war nicht Carlos´ Absicht sein Gegenüber so zu demütigen, aber geschehen ist es dennoch.
Einem anderen hat er die Kniescheibe zerschossen. Der Mann wird nie wieder richtig laufen können. Er hat das alles ohne Skrupel getan und doch fühle ich, dass er im Nachhinein darunter leidet, dass er es getan hat. Wie soll ich den Konflikt in mir, der durch diese Widersprüche entstanden ist, lösen? Vor mir sitzt der zärtlichste Liebhaber und erzählt mir von so schrecklichen, von ihm begangenen Gewalttaten.
Ich werde auch später diese Widersprüche nie in einen für mich akzeptablen Einklang bringen können. Ich spüre seine zärtlichen Küsse auf meinen Lippen und kann mir nicht vorstellen, dass dieser Mann zu solch brutalen und kaltblütigen Aktionen fähig ist. Er gesteht auch, dass er sich selbst hochputschen müsse, um so handeln

zu können. Vorher eine Linie Koks ziehen helfe ihm dabei, sagt er. Danach sei er zu allem fähig, gesteht er. Und er hält es offensichtlich für legitim, eine Linie Koks zu ziehen, um sich in die Lage zu bringen, Dinge zu tun, zu denen er andernfalls nicht fähig wäre. Er kommt gar nicht auf die Idee, dass ein anderes Leben möglich wäre.

Schon nach ein paar Tagen begnügen sich seine Hände beim Kuss nicht mehr damit meinen Kopf zu halten. Sie wandern tiefer, erforschen Regionen, die zu erkunden mir ebenso viel Lust bereitet wie ihm. Und auch ich will ihn berühren, will ihn spüren, seine Haut fühlen. Noch nie zuvor habe ich einen derart zärtlichen und in der Liebe so selbstlosen Mann erlebt. Es scheint ihm ein geradezu unbändiges Vergnügen zu machen, jeden Zentimeter meines Körpers mit seinen Händen zu erforschen und mir dabei Lust zu schenken. Sanft streichelt er meine Brüste, meinen Rücken, und meine Schenkel. Das Gitter kann uns nicht daran hindern, das zu tun, was wir beide wollen. Wir liebkosen einander, sprechen mit den Händen das aus, was die Münder schon längst gesagt haben. Es ist Liebe!

Aber wir treffen uns nicht nur nach Einschluss am Gitter. Er fragt auch, ob ich nicht Lust hätte, mit ihm zusammen zu essen. Oft kocht er abends noch ein spanisches Essen und dazu möchte er auch mich einladen. Gerne sage ich zu. In den nächsten Tagen wird er fast täglich ein Mahl für mich bereiten, immer sehr mediterran mit Oliven und anderem frischen Gemüse und immer sehr lecker. Kochen kann dieser Mann also auch noch! Aber es ist nicht nur ein Genuss mit ihm zu essen, auch ihm bei der Zubereitung zuzusehen ist ein Freude. Seine Bewegungen sind auch dann von einer sinnlichen Ästhetik. Es wird fast zur Gewohnheit, sobald ich von der Arbeit komme und wieder im Knast bin, erst gemeinsam einen von ihm vorbereiteten Kaffee zu trinken und danach gemeinsam mit ein paar anderen Männern zu essen. Margot ist natürlich auch dabei. Es sind schöne, friedliche Tage, voller Harmonie und Zärtlichkeit füreinander.

Aber nicht immer verlaufen die gemeinsamen Mahlzeiten in der Küche der Männer so harmonisch und friedvoll. Bei einem dieser Essen von Carlos, mir und noch einigen anderen, kommt ein Mann unseres Pavillons in die Küche und beschimpft Carlos. Er fragt, wie er es wagen könnte, ständig eine Frau einzuladen? Diese Küche sei der Raum der Männer, womit er zweifelsfrei recht hat, auch wenn wir Frauen ihn betreten dürfen. Er fühlt sich aus seinem Revier verdrängt, pocht zudem darauf, dass bisher Carlos und er eine Kochgemeinschaft gebildet hätten, sieht diese nun durch meine ständige Gegenwart bedroht. Zwar betont er, ausdrücklich an mich gewandt, dass das alles natürlich auf gar keinen Fall gegen meine Person gerichtet sei, vielmehr ginge es ihm ums Prinzip. Das Ganze verkündet er in einer nicht geraden leisen Art. Ich fühle mich nicht sehr behaglich in meiner Rolle und würde am liebsten gehen und auf weitere Essen in dieser Runde verzichten. Aber bevor ich aufstehen kann, spüre ich, wie etwas in Carlos vorgeht. Sein Blick ist merkwürdig starr geworden, die ganze Zeit hat er kein einziges Wort gesprochen, doch plötzlich kommt ein Schwall spanischer Worte über seine Lippen, die in dieser Runde allerdings niemand versteht, doch das scheint er in seiner Wut nicht zu registrieren. Gleichzeitig fasst er mit beiden Händen den vollen Teller vor sich und mit einem kurzen, harten Ruck hat er den Teller an die Wand geschleudert. Von einer Sekunde zur anderen ist es ganz still geworden. Auch Carlos hat wieder aufgehört zu reden, schaut seinen Angreifer nur eiskalt an. Mit stockt nicht nur der Atem, ich habe auch schlicht eine gehörige Portion Angst, nie zuvor habe ich eine auch nur ähnliche Situation erlebt. Was soll ich nur machen?

Norbert, der Angreifer, hat den Raum verlassen. Nach einer Weile des Schweigens verlässt auch Carlos den Raum, geht Norbert hinterher. Von draußen ist ein wüstes Durcheinander von Worten zu hören. Offensichtlich bereinigen die Beiden die Situation auf ihre Weise. Minuten später kommt Carlos wieder hinein und sagt mir, dass nun alles in Ordnung und die Situation geklärt sei. Ich könne auch weiter in der Küche der Männer essen. Aber ich werde das nie wieder tun, zumindest nicht, wenn dieser Norbert in der Nähe ist.

Von Margot erfahre ich später, sie weiß immer über alles und jeden Bescheid, dass Norbert im Grunde der beste Freund von Carlos sei und seine Attacke mehr eine Aktion der Eifersucht gewesen sei. Er wollte wohl Carlos weiter für sich alleine haben, sah seine Exklusivität gefährdet. Bis dahin hatte Carlos viel Zeit mit Norbert verbracht und dieser war froh, endlich einen Freund gefunden zu haben und nun fühlte er sich jeden Tag ein Stück mehr aus dem Leben seines Kumpels verdrängt. Erst sind die Abende durch meine Person belegt worden und nun fallen auch noch die gemeinsamen Kochgelage unserer Liebe zum Opfer. Da konnte er seine Eifersucht nicht mehr beherrschen. Auch eine Männerfreundschaft hält offensichtlich nicht alles aus.

Er wusste, wie aufbrausend Carlos sein kann, wie leicht er zu provozieren und in Rage zu bringen ist. Er hat sein spanisch-andalusisches Temperament ganz bewusst heraus gefordert. Und mein zärtlicher Liebhaber hat seine dunkle Seite gezeigt. Eine eiskalte Wut blitze aus seinen Augen. Und ich denke, dass ich eigentlich lieber nicht wissen möchte, wozu Carlos sonst noch in der Lage ist, wenn sein Temperament gereizt wird.

Doch nach wie vor wartet Carlos mit einem Kaffee auf mich, wenn ich am Nachmittag von der Arbeit in den Knast zurückkehre. Oft sind wir dann allein in der Küche und keiner stört unsere so vertrauten und zärtlichen Stunden. Die meisten anderen kommen erst später zurück. An einem dieser Nachmittage spielt leise Musik im Hintergrund. Er nimmt mich in die Arme und will mit mir tanzen. Da ist er in seinem Element. Mit der Eleganz einer Katze bewegt er sich über das imaginäre Parkett, führt mich dabei und zeigt mir, wie sehr Tanz auch erotische Verführung sein kann. Sehr sexy lässt er die Hüften kreisen, hebt die Arme und spielt mit dem Oberkörper. Er nimmt die Musik mit allen Sinnen auf und setzt sie sehr feinfühlig in Bewegung um. Ich bin mal wieder hingerissen. Er fragt mich, wann wir endlich einmal gemeinsam in eine Disco gehen werden. Wir scheuen nicht davor zurück, die Zukunft in unsere Träume einzubeziehen.

Einen der nächsten Samstage hat er wieder Ausgang, ich kann ohnehin als Freigängerin jederzeit den Knast verlassen. Er will nicht nach Hause fahren. Inzwischen weiß ich, dass seine Ehe lediglich noch eine Farce ist, nur noch auf dem Papier existiert. Bereits im Alter von neunzehn Jahren hat er seine Frau während eines Familienurlaubs in Andalusien geheiratet. Wahrscheinlich neigte er auch damals schon zu allzu spontanen Entschlüssen. Viel zu schnell kamen zwei Kinder, das konnte nicht gut gehen. Beide wurden enttäuscht, hatten wohl auch zu unterschiedliche Erwartungen an die Ehe und leben nun in gänzlich verschiedenen Welten. Sie lebt bürgerlich und mit allen dies beinhaltenden Schwierigkeiten als alleinerziehende Mutter, er in der Knastwelt

Wir fahren gleich morgens zu mir und haben das erste Mal einen ganzen Tag für uns, ohne dabei von anderen beobachtet zu werden. Wir kochen uns einen Kaffee, frühstücken zusammen, aber ein Blick reicht und ich liege in seinen Armen. Er sieht gut aus, heute ganz dunkel gekleidet. Er trägt eine schwarze Lederhose, ein schwarzes enges Shirt, darüber ein ebenfalls schwarzes Seidenhemd. Sehr männlich lässt ihn diese Aufmachung wirken, finde ich. Dem kann ich nicht widerstehen. Ganz langsam ziehen wir uns gegenseitig aus, liegen zum ersten Mal gemeinsam in einem Bett, können uns zum ersten Mal den Luxus der Nacktheit leisten. Hand und Mund erkunden den Körper des anderen, wir streicheln uns bis zur Ektase. Irgendwann dringt er in mich ein und wir explodieren in der selben Minute, erreichen gemeinsam den Gipfel der Lust, liegen uns anschließend erschöpft und glücklich in den Armen. Nie vorher war die Liebe so schön und so natürlich. Er hat ein sehr unverkrampftes Verhältnis zu seinem Körper, schämt sich nicht eine Sekunde lang seiner Nacktheit, erlebt nur die Sinnlichkeit der Situation. Wir verbringen einen herrlichen Tag im Bett, verlassen das nur, um uns schnell in meiner winzigen Küchen etwas zu essen zu machen oder einen Kaffee zu kochen, sofort verschwinden wir dann damit wieder ins Bett, um uns sodann wieder in den Armen zu halten.

An diesem Tag entdecke ich auch die Narben auf seiner Brust, am rechten Oberarm waren sie mir schon früher aufgefallen. Ich spreche ihn darauf an und er erzählt mir von einer Messerstecherei, an der er vor einiger Zeit beteiligt war. Als er kurz vor seiner Inhaftierung in unsere Stadt kam, wollte er mit zwei Arabern ins Geschäft kommen. Natürlich ging es dabei wie immer um Drogen. Aber offensichtlich waren ihm die Strukturen dieser Stadt und des Drogengeschäftes in ihr damals noch nicht so vertraut wie heute. Er wusste wohl noch nicht, wie die Revieraufteilung hier geregelt ist. Jedenfalls hat man ihn in einen Hinterhalt gelockt und wollte ihm sein Geld abnehmen. Dabei kam es zu einer außerordentlich handgreiflichen Auseinandersetzung, in der eben auch Messer gezückt wurden. Carlos ist dabei recht schwer an der Brust verletzt worden und musste in ein Krankenhaus gebracht werden, um die Wunden nähen zu lassen.

Ich verkneife mir die Bemerkung, dass offensichtlich ja auch er ein Messer dabei gehabt haben muss und bekunde ihm mein Bedauern. Aber ich stelle fest, dass er das für absolut überflüssig hält, denn die besagten Araber sind aus dieser Konfrontation wohl in einem schlimmeren Zustand als er heraus gegangen. Ich wage nicht, danach zu fragen, wie denn die ausgesehen haben, kann es mir aber vorstellen. Carlos scheint das alles gar nicht so dramatisch zu finden, es gehört eben mit zum Geschäft. Er ist hart im Nehmen, allerdings auch im Geben, wenn es darauf ankommt.

Erst spät am Nachmittag machen wir uns auf den Weg zurück in den Knast. Vorher gehen wir noch in ein Café ein Eis essen. Er liebt Spaghetti-Eis, von dem er auch mir immer wieder einen Löffel voll in den Mund schiebt. Wir sind verliebt und es ist egal, dass die Leute gucken. Der Altersunterschied ist nicht zu übersehen, noch weniger der Unterschied in der äußeren Aufmachung. Mein schöner Pirat wird überall Aufsehen erregen. Er provoziert mit seiner Kleidung, seinen Tätowierungen, seinen Piercings. Und genau diese Provokation will er auch. Er ist ein Rebell, immer an der Grenze lebend, immer am Abgrund tanzend, frei von jeder Angst und bereit, alles zu riskieren, aber niemals seine innere Freiheit opfernd. Auch der Knast hat ihm diese nicht nehmen können. Daneben sehe ich eher unscheinbar aus mit Jeans und Pullover und mit ins Gesicht geschriebenen Grundfesten wie Pünktlichkeit, Fleiß, Sauberkeit, Ordnung – und sicher auch einer gehörigen Portion Langeweile.

Es wird Zeit zurückzukehren aber kurz bevor wir wieder die Anstalt erreichen, halten wir noch einmal an und trennen uns. Er wird alleine zurück in den Knast gehen, denn er muss noch ein bisschen Hasch besorgen für die Jungs im Bau und wohl auch für sich selbst. Nicht umsonst ist unser Pavillon als der „Partypavillon" verschrien. Was auch immer gewünscht wird, Carlos besorgt es, auch dabei alle Grenzen überschreitend. Aber er selbst kifft ja nur, das hat er im Griff. Und natürlich kriegt er das Zeug in den Knast hinein. Keine Kontrolle wird ihn daran hindern, er kennt sich aus in dem Geschäft.

Abends treffen wir uns wieder am Gitter, noch immer berauscht von den Liebesstunden des Tages. Er darf das Gefängnis nicht so oft verlassen wie ich und es dämmert ihm, dass wir Stunden wie die dieses Tages so bald nicht wieder erleben werden. Er sinnt auf Abhilfe und beschließt, mich die nächste Nacht in meinem Zimmer zu besuchen. Das ist streng verboten, zudem sind die Türen zu unserem Trakt des Nachts verschlossen. Nach wie vor besteht nur durch das Gitter die Möglichkeit des Kontaktes.

Am folgenden Abend steht er wieder da, schaut das Gitter an und meint, dass er gleich rüber kommen werde. Einzelne Gitterelemente sind sowohl unter der Decke als auch auf einer Balustrade befestigt. Er ruft einen Kumpel zur Hilfe, holt einen Schraubenzieher aus der Tasche, hangelt sich am Gitter hoch und beginnt unter der Decke die Schrauben des Gitters zu lösen. Auch Margot ist inzwischen erschienen und schaut der Sache mit großem Interesse zu. Endlich sind die Schrauben gelöst, Samy, der zu Hilfe geholte Kumpel, ein zu fünfzehnjährigen Freiheitsstrafe Verurteilter, klettert nun ebenfalls auf die Balustrade, die das Gitter hält. Er scheint in den Plan eingeweiht zu sein. Carlos und Samy drücken zwei Gitterteile auseinander, Carlos zwängt sich durch den so entstandenen Spalt und ist mit einem Sprung im Frauentrakt. Margot jubiliert, mir versagt es die Sprache. Mit einer solchen Dreistigkeit die Regeln des Knastlebens zu durchbrechen ist mir neu, aber nicht unangenehm. Und ich bin überwältigt von der Vorstellung, dass es da tatsächlich einen Mann gibt, der für mich, für eine Nacht mit mir, die Gitter des Knastes abschraubt und damit riskiert in den Festbau verlegt zu werden. Ich gehe allerdings das gleiche Risiko ein. Wir eilen in mein Zimmer. Ein paar Minuten später klopft es und Margot bringt uns etwas zu trinken. Wir sitzen noch eine Weile zu dritt auf dem Bett, dann lässt Margot

uns allein und Carlos und ich nehmen uns in die Arme.
Bis zum frühen Morgen lieben wir uns, immer und immer wieder, können gar nicht genug voneinander bekommen. Zwischendurch schlafen wir eng aneinander gekuschelt immer mal wieder ein paar Minuten, um sogleich wieder einander zu streicheln und zu liebkosen. Die Zeit ist zu kostbar, wir können es uns nicht leisten auch nur eine Minute zu verschenken. Um fünf Uhr morgens stehen unsere Helfer wie verabredet wieder parat. Margot weckt uns pünktlich, hat das Handwerkszeug schon griffbereit dabei. Auch Samy ist schon da. Gemeinsam drücken die Männer die Gitter auseinander, Carlos schlüpft wieder hindurch. Samy empfängt ihn mit den Worten: „Na, wie geht's dir denn, mein Junge?" Fast liebevoll hört sich das an. Man merkt, wie sehr er Carlos diese Nacht gegönnt hat. Die fünfzehn Jahre, die Samy bereits in Haft verbracht hat, haben in ihm Verständnis für die Sehnsüchte der Liebenden wachsen lassen. Er weiß, was es heißt, die Geliebte nicht immer in den Armen halten zu können. Und außerdem ist er wie jeder Knacki immer dann zufrieden und fast glücklich, wenn es gilt, dem Vollzug ein

Schnippchen zu schlagen und die Regeln zu brechen.

Carlos findet im Laufe der Zeit einen Weg die Gitter ohne fremde Hilfe auseinander zu drücken. Er braucht viel Kraft dazu, aber die hat er. Er wird so noch viele Nächte in meinem Zimmer verbringen. Fast ist es, als lebten wir zusammen, wenn auch unter den Bedingungen und Einschränkungen des Knastlebens.

Aber es gibt auch Tage draußen, Tage an denen wir beide Ausgang haben. An einem davon steht er plötzlich mit seiner bildhübschen Tochter vor meiner Tür. Ich bin auf diese Begegnung nicht vorbereitet, bin auch überrascht davon, dass er mich in das Leben, das er draußen führt, einbeziehen will. Die Sache mit uns scheint ihm ernster zu sein, als ich vermutet habe. Maria ist nicht nur bildhübsch, sondern auch ganz bezaubernd, sehr höflich und anscheinend auch sehr gebildet. Sie besucht das Gymnasium und will in ein paar Jahren das Abitur machen. Wir trinken Tee zusammen und reden über das, was Maria außer der Schule im Moment am meisten interessiert: Musik und Jungs. Hinterher erzählt er mir, wie froh sie darüber gewesen sei, dass ich nicht eine „typisch blonde Deutsche" sei, was immer auch sie darunter verstehen mag. Sie jedenfalls ist mit

der Wahl ihres Papas zufrieden. Und ich erlebe Carlos zum ersten Mal in der Rolle des zärtlichen und sich sorgenden Vaters. Er gefällt mir in dieser Rolle, sehr sogar. Das hätte ich diesem verwegenen Piraten gar nicht zugetraut.
Aber er überrascht mich nicht nur mit schönen Bildern. Eines Tages, als ich gerade in meinem Lieblingscafé sitze und die ruhige Stunde nutze, um in einer Zeitung zu schmökern, ruft er mich über Handy an. Er stammelt ins Telefon: „Hol mich ab, ich kann nicht reden!" Seine Stimme klingt gepresst, unterdrücktes Schluchzen glaube ich zu hören. Sofort setze ich mich ins Auto und fahre los in Richtung der Wohnung seiner Frau. Dort wollte er seine Kinder besuchen. Ich bin die Straße noch gar nicht bis zum Ende gefahren, da kommt er mir auch schon entgegen. Ich halte an. Und er steigt ins Auto, ein Tuch vor den Mund gepresst. Ich sehe, dass er blutet, nicht nur am Mund, sein ganzer Körper ist mit blauen Flecken und blutigen Wunden übersät. Nur stockend erzählt er, was passiert ist: Sein Schwager war zur selben Zeit wie er bei seiner Frau zu Besuch. Ein Wort ergab das andere und so kam es zum Streit. In seiner Ehre und seinem Stolz verletzt, meinte Carlos, das Recht zu haben, seinem Schwager einfach mal eben „eine aufs Maul zu hauen". Das

wiederum konnte der nicht auf sich sitzen lassen, stürzte aus dem Haus, aber nur um familiäre Verstärkung zu holen. Mit sieben Mann haben sie vor dem Haus auf Carlos gewartet. Da hatte auch dieser ansonsten nicht gerade zimperliche Mann keine Chance mehr. Sie haben ihn nach allen Regeln der Kunst zusammengeschlagen. Mehr noch als die körperlichen Wunden, schmerzen die Wunden auf seiner Seele. Er ist tief gekränkt ob der erlittenen Schmach.

Carlos will in diesem Zustand auf keinen Fall zurück in den Knast, vielmehr spricht er davon, seine Knarre holen zu wollen. Rächen will er sich und nichts anderes. Ungeachtet seiner Worte schlage ich die Richtung zum Knast ein. Natürlich werde ich diesen Mann pünktlich in der Anstalt abliefern, alles andere wäre Wahnsinn. Er ist momentan gar nicht in der Lage, die Konsequenzen seines Tuns zu übersehen. Ich fahre zunächst auf den Parkplatz des Gefängnisses, dort können wir von niemandem gesehen werden. Mit Engelszungen rede ich auf ihn ein und schließlich gelingt es mir denn auch, ihn dazu zu überreden, wieder in den Knast zu gehen. Irgendwie bugsiere ich ihn durch die Pforte, bringe ihn erst einmal in die Küche unseres Pavillons. Dort bricht er schluchzend zusammen, lässt sich auf einen Stuhl fallen und heult vor Wut.

Aber auch die körperlichen Wunden machen sich nun bemerkbar. Er ist am Ende seiner Kräfte, kann sich nicht mehr aufrecht halten. Dennoch ballt er vor Wut die Hände zu Fäusten und kann das Schluchzen nur mühsam unterdrücken. Es braucht Stunden, bis er sich von mir in den Arm nehmen lässt. Aber ich spüre auch, dass er keine Tränen des Schmerzes vergossen hat. Hier sind Tränen des Zorns geflossen und hinter diesen Tränen spüre ich eine Kraft, die ich nicht gegen mich gerichtet wissen möchte. Carlos wird sich rächen, da bin ich sicher.

Am nächsten Morgen scheint erst mal alles vergessen zu sein. Wie immer steht er vor dem Gitter zum Frauenbereich, um sich bevor er zur Arbeit in den Werkbetrieb geht, von mir zu verabschieden. Jeden Morgen kommt er kurz zu mir hoch, gibt mir ein Küsschen und oft drückt er mir dabei verstohlen auch noch ein Gedicht in die Hand, entweder ein selbst geschriebenes oder ein Zitat, das er irgendwo gefunden hat und das ihm für mich passend erscheint.

Seine morgendlichen Besuche bei mir sind im Hause bereits bekannt und werden wohlwollend belächelt. Es ist ja auch bezaubernd, wie er da so jeden Morgen vor der Tür steht und sich sein Küsschen abholt. Und auch ich warte schon jeden Morgen mit stetig wachsender Sehnsucht auf ihn. Nie zuvor hat mich ein Mann derart hofiert. Wie viele Männer gibt es, die ihrer Geliebten Gedichte schreiben? Da hat dieser verwegene Pirat nächtens tatsächlich nichts anderes zu tun als poetische Verse für mich zu schreiben. Ich kann es kaum fassen und auch sonst würde das wohl kaum jemand diesem Gangster zutrauen.

Carlos hat, wie ich immer öfter feststellen muss, zwei Gesichter. Da ist auf der einen Seite der Gangster, der auch im Knast seine Geschäfte in nicht unerheblichem Ausmaß weiterführt und auf der anderen Seite ist da ein ganz, ganz sensibler und einfühlsamer Mann, der viel liest, seiner Geliebten Gedichte schreibt und sich nicht scheut, sich jeden Morgen vor der Arbeit ein Küsschen abzuholen. Wie passen diese beiden Bilder zusammen?

Der normale Alltag im Knast geht weiter. Tagsüber geht er wie alle Inhaftierten, die nicht im Freigang sind, in den Werkbetrieb arbeiten, aber seine eigentliche Erwerbsquelle besteht darin, seinen Mitgefangenen Dinge zu beschaffen, die sie meinen im Knast zu brauchen, die aber nicht so einfach zugänglich sind, das heißt, die verboten sind. Es geht natürlich vorrangig um Drogen jedweder Art und um Alkohol, beides im Vollzug natürlich streng untersagt. Carlos ist in der Lage, die begehrten Güter in jeder gewünschten Quantität und Qualität zu besorgen. Ein Wort genügt und Carlos ordert bei seinen Leuten außerhalb der Anstalt die gewünschte Ware. Wenig später wird geliefert. Die Artikel werden via eines Anrufs geordert. Und per Telefon wird auch bestätigt, ob das Gewünschte lieferbar ist und wann mit der Lieferung gerechnet werden kann, das heißt, wann Carlos sie in Empfang nehmen kann.

Natürlich sind Handys in der Anstalt verboten, wenn es sich dabei auch um ein ziemlich sinnloses Verbot handelt. Klar ist aber auch, dass Carlos sich in keiner Weise daran hält. Natürlich hat er sein Handy immer dabei. Nicht eine Minute ist er ohne anzutreffen und er schafft es tatsächlich, nie damit erwischt zu werden. Aber wie sollte er auch ohne diese technische Ausrüstung seinen Geschäften nachgehen können?

Die Bestellungen werden an den Zaun, der um das Gelände der offenen Anstalt gezogen ist, gebracht. Der Zaun ist gut zwei Meter hoch, aber

leicht zu überwinden. Carlos weiß immer sehr genau, wann seine Lieferanten zu erwarten sind und steht zum verabredeten Zeitpunkt schon bereit. Über weite Meter wird der Kontakt mit Menschen vor dem Gitter durch eine davor gepflanzte dichte Hecke verhindert, aber es gibt auch genügend Stellen, die frei von Heckenbepflanzungen sind und gleichzeitig von der Pforte, wo die Beamten sitzen, nicht eingesehen werden können. Carlos kennt die richtigen Plätze und nimmt die bestellte Ware in Empfang ohne jemals dabei von einem Schließer beobachtet zu werden. Er kennt sich aus im Knastleben und weiß, wann er wie zu handeln hat. Carlos klettert den Zaun hoch und der Lieferant reicht ihm die bestellten Dinge in einer Tüte an. Blitzschnell verschwindet Carlos im Pavillon, sortiert, wieder unbeobachtet, die Waren und verteilt die Sachen in Knast an die jeweiligen Besteller. Natürlich schlägt er seinen Gewinnanteil auf die Preise drauf. Er will schließlich auch Geld verdienen.
Aber immer öfter sind es nicht nur die Bestellungen der anderen, die er in Empfang nimmt. Immer öfter sind es auch seine Wünsche, die so befriedigt werden. Auch er greift immer öfter zu Drogen und es bleibt nicht beim Kiffen. Immer häufiger nimmt er Koks und auch der Wodka

bleibt nicht unberührt. Die Abende, an denen der Joint kreist, die Wodkaflasche herum gereicht wird und auch eine Linie gezogen wird, häufen sich. Dafür werden die Tage, an denen er in der Küche steht und für alle ein leckeres spanisches Essen bereitet, immer seltener. Solche Dinge werden immer weniger wichtig für ihn. Nur der Drogenkonsum steigt von Tag zu Tag. Hasch, Koks und Wodka bestimmen zunehmend die Abende im Knast.

Es gibt Tage, an denen er sich nach solchen Exzessen nicht gut fühlt, man sieht ihm das auch an. Ich versuche, mit ihm über seinen neuerlichen gestiegenen Drogenkonsum zu reden, aber er bleibt meinen Worten gegenüber taub. Er sieht nicht, dass er in einer Spirale hinein gerät, aus der er so leicht nicht wieder heraus kommen wird. Die Droge hat die Hand wieder nach ihm ausgestreckt. Dabei glaubte er, das hinter sich zu haben. Schon vor einigen Jahren war er einmal stark drogenabhängig gewesen, hat dann aber eine Entziehungskur gemacht und etliche Jahre nahezu clean gelebt. Nur das Kiffen hat er sich nie nehmen lassen. Auch hat er immer weiter mit Drogen gedealt. Aber hier im Knast kann auch er die Finger nicht von dem Zeug lassen, wie so viele. Aber noch bestreitet er von der Droge wieder abhängig zu sein, kann das wohl auch vor sich selbst nicht zugeben.

Vielleicht weil er zu erschöpft, zu übermüdet ist von den immer länger werdenden Abenden kommt es zu einem kleinen Unfall im Werkbetrieb. Carlos wird von einer herunterfallenden Kiste am Arm getroffen. Er ist leicht verletzt und wird für ein paar Tage krankgeschrieben.

Die Ruhe, die er nun bekommt, tut ihm ganz gut und uns verschafft das die Möglichkeit, morgens in aller Ruhe zusammen zu frühstücken. Da ich das Haus immer erst verlasse, wenn alle anderen schon gegangen sind und unser Pavillon leer ist, nutzen wir nun die Chance, morgens noch eine Weile zusammen sein zu können, ungestört von den anderen Bewohnern des Pavillons und auch weitestgehend vor den Blicken der Beamten geschützt, denn diese schauen nur morgens ganz früh in die Pavillons und sind danach nur noch an der Pforte anzutreffen. Ein tiefer Blick in die Augen des anderen und wir können einander nicht widerstehen. Er reißt mich in seine Arme, wir küssen uns in wilder Leidenschaft, vergessen, wo wir uns befinden und die Gefahr, die unser Tun in sich birgt. Nichts ist mehr wichtig, nur noch unsere Liebe und die empfundene Leidenschaft füreinander. Natürlich könnte jeden Mo-

ment ein Beamter herein kommen und wenn der entdeckte, was wir tun, so hätte das unweigerlich zur Folge, dass wir Beide den offenen Vollzug verlassen und den Rest der Haft im geschlossenen verbringen müssten. Aber wir sind gar nicht in der Lage so weit zu denken, weder er noch ich. In wildem Begehren stürzen wir ineinander und als er in mich eindringt, erreichen wir gemeinsam den Höhepunkt der Liebe. Erst da kommen wir wieder zur Besinnung, lachen und sind glücklich über die gemeinsam empfundene Lust und Liebe. Was interessieren uns die Regeln des Knastes? Alles, was wirklich zählt, sind unsere Gefühle füreinander. Kein Gefängnis wird uns die nehmen können oder unseren Empfindungen Schranken auferlegen. Ich rücke meine Kleider zurecht, wir schauen uns verliebt in die Augen und er begleitet mich, nun wieder ganz Sittsamkeit ausstrahlend, zur Pforte. Ich mache mich auf den Weg in die Redaktion mit dem Gefühl, eine geliebte und begehrte Frau zu sein. Gibt es etwas Schöneres?
Das Jahr schreitet voran, die ersten wirklich heißen Tage kommen und wir genießen sie. An den Wochenenden, wenn er nicht hinaus kann und den Knast nicht verlassen darf, bleibe auch ich immer öfter drinnen und wir verbringen herrli-

che Nachmittage auf der zur Anstalt gehörenden Wiese. Wir nehmen eine Decke mit hinaus, etwas zu Trinken und Bücher zum Lesen und gönnen uns ein Sonnenbad. Aber meist bleibt die mitgebrachte Lektüre recht unangetastet liegen. Wir sind aufeinander konzentriert, reden viel miteinander, schmusen in der Sonne und lassen es uns gut gehen. Zwischendurch baut Carlos sich einen Joint. Aber es bleibt beim Konsum von Hasch, härtere Drogen nimmt er in diesen Stunden nicht, hat wohl auch kein Verlangen danach. Zwar macht er weiter seine Geschäfte, dealt mit Drogen jedweder Art und versorgt so die Leute im Knast mit allem Gewünschten aber er ist glücklich und zufrieden und wirkt sehr ausgeglichen.

Ich leiste mir die Illusion, dass er die Sache mit den Drogen wirklich wieder im Griff hat, will auch gar nicht sehen, dass er abends oft so seltsam verhangene Augen hat. Ich liebe diesen Mann und will unser Glück nicht gefährdet wissen. Ich will in seinen Armen liegen und weiter vom gemeinsamen Urlaub in Andalusien träumen, mir von ihm erzählen lassen, wie schön seine Heimat ist und was er mir dort alles zeigen wird.

An einem dieser Nachmittage will er mehr als mich nur in den Armen halten und überredet mich, mit in sein Zimmer zu gehen, was streng verboten ist. Den Zimmertrakt der Männer dürfen wir Frauen nicht betreten, umgekehrt ja ebenso wenig. Aber da hat Carlos ja bereits einen Weg gefunden, die Nächte bei mir verbringen zu können. Kein Gitter wird seine Leidenschaft aufhalten können. Aber bis zur Nacht will er nicht warten und ich auch nicht. Wir wollen nur noch eines: miteinander schlafen.

Die Beamten sind an der Pforte, nicht im Pavillon. Die Chancen nicht erwischt zu werden, stehen also gut. Wir schleichen in den Zimmertrakt, werden zum Glück auch von den anderen Inhaftierten nicht gesehen. Viele sind an diesem Sonntag ohnehin nicht in der Anstalt, die meisten sind draußen, im Ausgang. Wir fühlen uns sicher und sind es wohl auch.

Sein Zimmer ist gemütlich eingerichtet. Die Gardinen und die Tagesdecke über dem Bett passen genau zusammen. Überall sind Blumen aufgestellt, Bilder hängen an den Wänden und sehr viele Nippes stehen in den Regalen. Ein richtiges kleines Heim hat Carlos sich hier geschaffen. Mein Schmusegangster hat häusliche Ambitionen und lebt die auch aus, sogar im Knast. Mit aller Intensität lieben wir uns, sind bereits aufeinander eingespielt, wissen genau, was der andere will und mag. Es gibt keine Grenzen in der Liebe, alles ist natürlich und schön. Raum und Zeit sind vergessen. Wir streicheln uns bis zur Erschöpfung, erkunden den Körper des anderen mit Hand und Mund, sind uns vertraut und entdecken doch immer etwas Neues. Die Liebe bleibt immer spannend und aufregend, trotz aller Kenntnis über den anderen. Nach Stunden der Zärtlichkeit ziehen wir uns wieder an und schleichen hinaus in den Garten. Niemand hat unser Abenteuer bemerkt. Nur unsere zärtliche Vertrautheit wird am Abend von den anderen registriert.

Wieder steht ein Wochenende bevor und wieder planen wir dieses gemeinsam zu verbringen. Wir verlassen zusammen den Knast, nicht immer nur wohlwollend von den Beamten beobachtet. Carlos fährt den Wagen, setzt mich zu Hause ab und wird später zum Frühstück wieder zu mir kommen. Er hat noch etwas zu erledigen. Gerne höre ich das nicht, da ich weiß, was er damit meint. Es geht mal wieder um irgendwelche Geschäfte mit Koks. Schon lange dealt er nicht mehr überwiegend mit Hasch, sondern immer mehr auch mit härteren Drogen. Und immer öfter greift er dabei selbst zum harten Stoff. Auch wenn er versucht, das vor mir zu verheimlichen, es kann mir nicht ganz verborgen bleiben. Aber zu einem leicht verspäteten Frühstück ist er wieder da und der Tag verläuft wie immer in zärtlicher Harmonie. Ich bin fast sicher, mir umsonst Sorgen gemacht zu haben.

Als wir gegen Abend wieder zurück in den Knast aufbrechen, ist es wieder Carlos, der den Wagen fährt. Dass er am Steuer sitzt, ist fast schon zur Gewohnheit geworden. Obwohl ich selbst auch gerne Auto fahre, genieße ich es, von ihm chauffiert zu werden, er ist ein sicherer Autofahrer. Nicht so an diesem Tag. Zu spät merke ich, dass er in letzter Minute, kurz bevor wir aufgebrochen sind, noch eine Linie Koks gezogen hat. Zudem sagt er mir erst jetzt, dass er noch einmal kurz seinen Lieferanten treffen muss, bevor wir in den Knast zurück können. Er will noch eine Extraladung Stoff mitnehmen.

Ich bin empört, zumal es so eine Art ungeschriebenes Gesetz zwischen uns gibt, dass ich aus diesen Dingen heraus gehalten werde. Nur widerwillig begleite ich ihn zu dem Treffpunkt. Carlos´ vorheriger Kokskonsum macht ihn nicht eben sanftmütiger. Wenn er auf Koks ist, ist er nicht berechenbar und ich spüre, dass es besser ist, den

Mund zu halten. In rasanter Geschwindigkeit fährt er durch die Stadt, hält an dem mit dem Lieferanten vereinbarten Treffpunkt an, springt aus dem Wagen, setzt sich in das hinter uns stehende Auto. Ich kann im Rückspiegel beobachten, wie die beiden, sein einem Jesusbild ähnelnder langhaariger Lieferant und mein schöner Rapper, miteinander handelseinig werden. Es dauert nicht lange. Carlos bekommt ein Paket ausgehändigt und steigt wieder aus, kommt zu unserem Auto, steigt ein.

Und wieder fährt er in viel zu schnellem Tempo durch die Stadt. Ich schreie ihn an, habe inzwischen auch einfach Angst, nicht nur vor einer möglichen Polizeikontrolle, die er mit diesem Fahrstil geradezu herausfordert, sondern auch vor einem möglichen Unfall. Carlos fährt einfach zu riskant, kennt keine Geschwindigkeitsbegrenzungen mehr, überholt, wie es ihm gerade in den Sinn kommt und fühlt sich überhaupt frei von allen Straßenverkehrsregeln. Offensichtlich hat das Koks bei ihm zu einem völligen Realitätsverlust und einer ungeheuren Selbstüberschätzung geführt. Er ist meinen Reden gegenüber taub. Ich weiß ja selbst, dass ich ihn im Moment nicht erreichen kann. Ich werde erst später wieder mit ihm reden können.

Irgendwie schafft er es, uns heil zum Knast zu bringen und ich schaffe es wieder einmal, ihn ohne Kontrolle durch die Beamten durch die Pforte zu bugsieren. Sein Drogenkonsum ist kaum zu verheimlichen. Man sieht ihm an, dass er etwas genommen hat. Und mir dämmert, dass es da ein Problem gibt, das ich bisher in dem Ausmaß nicht habe sehen wollen.

Am nächsten Tag rede ich mit ihm über den Vorfall und er zeigt sich einsichtig, verspricht mir, in Zukunft vorsichtiger zu sein und vor allen Dingen unser beider Leben nicht mehr mit sinnlos riskanten Autofahrten zu gefährden.

Und zunächst einmal geht das Leben denn auch in relativ friedlichen Bahnen weiter. Während der folgenden Woche bekommt er keine Ausgänge, was ihn nicht daran hindert, sollte es denn in seinen Augen von Notwendigkeit sein, über den Zaun zu gehen. Seine Geschäfte fordern schließlich hin und wieder auch seine persönliche Anwesenheit. Und wenn ihm die dafür nötigen Ausgänge von Knast nicht gewährt werden, so gewährt er sie sich eben selbst. Eigens für diesen Zweck hat er sich ein weniger auffälliges Outfit als sein übliches zugelegt. Mit schwarzer Jeanshose, grauem Sweatshirt bekleidet, auf dem Kopf eine schwarze Schirmmütze, die sein Gesicht verdeckt, klettert er über den Zaun. Er weiß genau zu welchen Zeiten er das wagen kann, wann kein Schließer zur Kontrolle zu erwarten ist. Das hat er ganz genau ausgekundschaftet. Und er hat seine Arbeit gut gemacht. Nie wird er erwischt.

Aber einige Beamte zeigen zunehmend mehr Interesse an unserer Beziehung. Schon des Öfteren mussten wir uns sagen lassen, dass wir uns doch bitte nicht allzu öffentlich zu unserer Liebe bekennen sollten. Das würde nicht in das Bild des Knastes passen. Carlos stört das stets nur wenig. Nichts hindert ihn daran, mich vor aller Augen mit einem zärtlichen Kuss zu begrüßen, mich in den Arm zu nehmen oder mit mir auf dem Anstaltsgelände Hand in Hand spazieren zu gehen. Und viele der Schließer hoffen wohl auch auf einen guten Einfluss meiner Person auf diesen wilden Piraten. Schon deshalb hält sich der Widerstand gegen unsere Beziehung in Grenzen.

Nur einmal werden wir ins Büro gerufen und müssen uns sagen lassen, dass Carlos in einen anderen Pavillon verlegt werden wird, wenn wir mit unserer Liebe in der Öffentlichkeit in Zukunft nicht etwas weniger offensiv umgehen. Aber Carlos schaut den Beamten nur an und sagt: „Na und? Dann grab´ ich eben einen Tunnel." Offensichtlich hält man eine solche Aktion bei diesem Abenteurer für nicht ganz unwahrscheinlich. Jedenfalls darf er im von Frauen und Männern gemeinsam bewohnten Pavillon bleiben und wir hören nie wieder etwas von irgendwelchen Verlegungsplänen seitens der Beamten.

Abends kommt Carlos immer noch ans Gitter. Wir reden, träumen von einer gemeinsamen Zukunft. Carlos kann sich vorstellen, doch noch eine Berufsausbildung zu machen und aus dem Drogengeschäft auszusteigen. Auch von einem gemeinsamen Urlaub träumen wir weiter, sobald die Zeit der Haft erst einmal hinter uns liegt. Er will mit mir nach Andalusien fahren, mich seiner Familie vorstellen und mir endlich die Schönheiten seiner von ihm so geliebten Heimat zeigen. Auch ich gebe mich diesen Träumen hin, ahne aber tief in meinem Innern, dass es Träume gibt, die niemals Wirklichkeit werden.

Carlos hat seine Haft fast abgesessen, es bleibt lediglich noch eine Geldstrafe abzusitzen und auch davon hat er bereits so viel abgebrummt, dass der noch verbleibende Restbetrag von ihm aufgebracht werden kann, nicht zuletzt auch dank seiner regen Geschäftstätigkeit. Er überlegt, ob er sich auslösen soll, um so die Freiheit wieder zu erlangen. Natürlich gönne ich ihm diese Freiheit, aber eine Stimme in mir sagt, dass das nur auf den ersten Blick gut aussieht. Außer ein paar Träumen hat Carlos eigentlich nichts in der Hand, mit dem er sich draußen eine halbwegs gesicherte Existenz aufbauen könnte. Wenn er überleben will, wird er auch draußen weiter Drogengeschäfte machen müssen. Er hat gar keine andere Wahl.

Von Freunden oder was er dafür hält, bekommt er Geld, um sich auszulösen. Zusammen mit dem, was er selber hat, reicht es. Er wird gehen können. Wir verbringen noch eine letzte wunderschöne Nacht zusammen im Knast. Noch einmal öffnet er dafür das Gitter, das die Frauen von den Männern trennt. Er schenkt mir einen seiner Ohrringe, nicht zum Abschied, wie er sagt, sondern als Erinnerung an die gemeinsame Zeit im offenen Vollzug und als Zeichen des Versprechens, dass es auch draußen mit uns weitergeht. Er bekommt dafür einen meiner Ohrringe. Fast ist es, als tauschten wir Ringe des Lebens aus. Und irgendwie ist es wohl auch so. Wir liegen uns in den Armen, spüren einander und wissen, dass wir uns lieben.

Als er am nächsten Tag den Knast verlässt, ruft er mich sofort in der Redaktion an. Seine erste

Handlung in Freiheit ist ein Anruf bei mir. Ich nehme das als ein gutes Zeichen. Carlos fragt, ob er mich von der Arbeit abholen könne. Pünktlich steht er vor der Tür, mit Blumen in der Hand. Ich bin selig, glaube daran, dass alles gut wird. Wir gehen in die Stadt, er will an der Flusspromenade ein Eis essen gehen, sein geliebtes Spaghetti-Eis. Wir bummeln durch die Straßen, sind verliebt und glücklich und glauben an die Zukunft.
Abends muss er mich zurück in den Knast bringen. Zum ersten Mal bleibt er draußen, während ich hinein muss. Das ist neu und ungewohnt für uns. Wo wird er die Nacht verbringen? Eine eigene Wohnung hat er noch nicht, in meine will er nicht ohne mich. So hat er sich vorübergehend, wie er sagt, bei einem Kumpel einquartiert. Dieser Kumpel ist sein Drogenlieferant, das lässt nichts Gutes ahnen.
Am darauf folgenden Wochenende lässt er nichts von sich hören. Ich schwebe in einem Zwischenzustand des Traurigseins, der Hoffnungslosigkeit und der Wut. Was ist da los? Will Carlos nichts mehr von mir wissen oder ist er auf einem Drogentripp? Und was kann ich tun? Soll ich ihn suchen? Wo soll ich ihn suchen? Und wenn ich ihn fände, was sollte ich dann tun? Wie bekommt man einen Menschen von der Droge los?

Montags ruft er mich wieder in der Redaktion an. Wieder will er mich abholen, kommt auch pünktlich, aber ich erkenne meinen Carlos, der immer so gepflegt war und immer so viel Wert auf sein Äußeres gelegt hat, kaum wieder. Vor mir steht ein ausgezerrter, etwas ungepflegt wirkender junger Mann, in dem ich kaum meinen schönen Piraten wiedererkennen kann. Was ist geschehen? Wir gehen, wie so oft, mal wieder ein Eis essen. Er ist unruhig und kann mir kaum in die Augen sehen. Er gesteht mir in der Eisdiele, dass er auf Koks gewesen sei. Ich sehe in seine Augen und erkenne, dass es nicht nur Koks war. Ja, er gibt es zu, auch Schore sei mit im Spiel gewesen, aber nur zwei Mal habe er zum Heroin gegriffen, schließlich habe er von dem Kokstripp wieder herunter gewollt. Mir ist nur allzu klar, was das heißt, auch wenn Carlos es noch abstreitet: Er ist wieder drauf! Er bringt mich auch an diesem Tag zurück in den Knast, aber ich trenne mich von ihm mit dem Gefühl, ihn irgendwie schon verloren zu haben.

Zu unserer Verabredung am nächsten Tag kommt Carlos nicht. Umsonst stehe ich vor der Tür. Wenn mich ein anderer Mann versetzt hätte, würde ich jetzt einfach wütend sein können, aber nicht so bei Carlos. Ich weiß nicht, ob er abgestochen in irgendeiner Ecke liegt, gerade mal wieder von der Polizei verhaftet worden oder auf einem neuerlichen Drogentripp ist. Aber ich weiß, dass ich eine Beziehung auf einer solchen Basis nicht führen kann. Das halte ich nicht durch. Dazu fehlt mir die nötige Stärke. Carlos wird sich für mich oder für die Droge entscheiden müssen.

Am nächsten Tag ruft er mich wieder an, erzählt, dass er auf einem Drogentripp war und die Zeit dabei vergessen hätte. Wo er die Zeit verbracht hat oder mit wem, erzählt er nicht. Ich stelle ihn vor die Wahl: die Droge oder ich? Natürlich sagt er, dass er sich für mich entscheiden würde und wahrscheinlich meint er es auch so, allerdings heute hätte er keine Zeit, da müsse er noch mal los, hätte noch von irgendwem Geld zu kriegen, aber er würde sich wieder melden. Aber die nächsten Tage meldet er sich nicht, von anderen höre ich, dass er sich am Bahnhof in der Junkie-Szene herumtreibt und dass er wieder voll drauf ist. Hatte ich es denn anders erwartet? Ich spreche eine Nachricht auf die Mailbox seines Handys, sage ihm, dass er sich jederzeit bei mir melden könne, wenn er meine, mich zu brauchen. Ich weiß nicht, was ich sonst noch tun könnte? Er selbst geht schon nicht mehr ans Telefon. Vielleicht hat er es auch schon für ein paar Gramm Heroin eingetauscht, ich weiß es nicht.

Ich weiß, dass ich Carlos an die Droge verloren habe. Den Carlos, den ich so sehr geliebt habe, gibt es nicht mehr. Aber die Zeit, die wir zusammen hatten, werde ich nie vergessen.

Blumen zur Weihnacht

Der Morgen des 24. Dezember ist angebrochen. Die Arbeit ruht. Nicht einmal in den Werkbetrieb müssen die Frauen heute. Schon das macht diesen Tag zu etwas Besonderem.

Die ersten Vorbereitungen für den Abend werden getroffen, ein großes gemeinsames Essen ist geplant. Aber danach werden die Türen auch heute wieder verschlossen werden. Auch diesen Abend werden sie allein in ihren Zellen verbringen, allein mit ihren Wünschen, Ängsten und Hoffnungen.

Aber noch herrscht reges Treiben. Auf dem Flur werden die Tische gedeckt, an einer langen Tafel werden sie am Spätnachmittag alle zusammen essen. Es wird Pizza geben, bestellt aus einem Imbiss in der Nähe. So etwas gibt es nur zu Weihnachten. Selbst gebackene Kekse werden auf die Teller vor den Plätzen verteilt, da hat die Kochgruppe sich mächtig ins Zeug gelegt. Zudem werden kleine Geschenke vor den Tellern deponiert. Eine Beamtin der Station hat für jede Frau eines besorgt. Fröhliche Hektik verbreitet sich von Stunde zu Stunde mehr unter den Frauen. Für viele ist dieses Weihnachten so viel stimmungsvoller und schöner als sie es sonst gewohnt sind. Das Leben auf der Straße, im Milieu der Drogen oder als Prostituierte mit prügelndem Zuhälter, lässt wenig Raum für Glockenklang in weißer Märchenwelt.

Während Thea gemeinsam mit einer Freundin die Tische richtet, ruft eine Beamtin ihren Namen. Sie möge doch bitte einmal mit zur Kammer gehen. Es sei etwas für sie abgegeben worden. Alles, was von draußen in den Knast kommt, egal ob ein gerade inhaftierter Mensch oder ein Paket, muss in der Kammer durchsucht werden. Es wird streng darauf geachtet, dass nichts Verbotenes zu den Frauen vordringt. Es muss alles seine Ordnung haben.

Irritiert folgt Thea der Beamtin. Sie erwartet kein Paket und weiß auch sonst nicht, was sie gerade an diesem Tage in der Kammer sollte? Die Schließerin lacht Thea verschmitzt an. Etwas Unangenehmes wird sie also nicht erwarten. Diese Erkenntnis beruhigt Thea. Im Knast leben, heißt auch, immer in Erwartung von etwas Schlechtem zu sein.

Thea und die Schließerin verlassen die Station. Die etwas füllige Beamtin schließt vor Thea die schwere Gittertür auf, Thea tritt hindurch, sogleich schließt die Beamtin hinter ihr wieder zu, inzwischen schon etwas schweratmend, aber gewissenhaft ihre Pflicht erfüllend. Wenn der Weg zur Kammer nur nicht so weit wäre!

Das immerwährende Geklirr der Schlüssel, das bei dieser ständigen Schließerei entsteht, ist Thea schon so vertraut, dass sie es kaum noch wahrnimmt. Nur wenige Türen sind noch zu passieren, dann sind sie endlich in der Kammer. Auch dort steht ein Weihnachtsgesteck mit Kerzen auf dem Tresen, vor dem die Gefangenen artig stehen bleiben müssen.

Auch die Kammerbeamtin lacht Thea strahlend an. Heute scheinen alle bester Laune zu sein. "Na, da kann Sie aber jemand gut leiden", sagt die große Frau, die auch heute in der blauen Uniform der Justiz steckt. Sie überreicht Thea einen riesigen, wunderschön mit Tannenzweigen dekorierten Blumenstrauß, in deren Mitte eine blutrote Amaryllis prangt. Thea kann den Strauß kaum halten, muss mit beiden Händen zugreifen und verschwindet dann fast dahinter.

So kann wenigstens niemand sehen, wie ihr ein paar Tränen aus den Augen schießen, so überwältigt ist sie. Thea weiß gar nicht, was sie sagen soll, ist ganz ergriffen von der Pracht, dem so ungewöhnlichen Anblick und dem Gedanken an den, der den Strauß gesandt hat. Ja, er hat ihr zu Weihnachten diese Blumen in den Knast geschickt. Da draußen ist tatsächlich jemand, der zu Weihnachten an sie denkt, der sie mag, dem sie etwas bedeutet.

Mit dem rot-grünen Strauß im Arm tritt sie, begleitet von der Beamtin, und sehr weichen Knien, den Rückweg an. Die verschlossenen Türen haben keine Bedeutung mehr. Auf der Station wird der Strauß von den anderen bewundert, nicht immer ohne Neid, und auch nicht immer ohne Traurigkeit, erhält doch nicht jede von ihnen ein solches Geschenk am Heiligen Abend. So viele Wünsche nach Liebe und Zweisamkeit bleiben gerade heute unerfüllt. So mancher Mann hat sich nicht bei seiner Frau gemeldet und auch so manches Kind hat die Mutter im Knast vergessen oder mochte nicht an sie denken, vielleicht, weil auch diese sonst nie an Sohn oder Tochter daheim denkt.

Der Strauß wird in eine Blumenvase gestellt, die eine Beamtin aus dem Beamtenbüro schnell geholt hat, und plötzlich sieht die Zelle gar nicht mehr so karg und trist aus. Da ist plötzlich auch Wärme, Liebe und Freundschaft.

Nachdem am Abend, nach der Weihnachtsfeier für alle Frauen, die schweren Eisentüren der Zellen wieder ins Schloss gefallen sind und Thea allein in ihrer Gefängniszelle sitzt, fällt ihr Blick sofort wieder auf den herrlichen Weihnachtsstrauß. Und wieder fließen die Tränen. Einen schöneren Blumenstrauß wird sie wohl nie wieder bekommen.

Hubert kommt zu Besuch

Sie steht am Fenster ihrer kleinen Wohnung und wartet auf ihn, wischt sich die vor Aufregung feuchten Hände nun schon zum zweiten Mal an der Jeans ab. Wenn sie so weitermacht, wird sie sich noch eine frische Hose anziehen müssen. Hübsch will sie sein für ihn, den Mann, den sie doch eigentlich noch gar nicht kennt. Jeden Moment muss er ankommen. Aber natürlich kann bei einer so langen Fahrt auch etwas dazwischen kommen. Ganz aus Bayern reist er an.
Während Juttas Haftzeit hatte sich eine intensive Brieffreundschaft zwischen ihr und Hubert entwickelt. Sie hatte auf seine Anzeige in einer Knastzeitung geantwortet, weil sie sich so alleine gefühlt hatte und auch jemanden haben wollte, dem sie schreiben konnte, so wie viele der anderen Frauen, mit denen sie inhaftiert war. Zum Schluss kam fast jede Woche ein mehrere Seiten langer Brief bei ihr an, sogar ein Taschentuch, getränkt mit ihrem Parfum, hatte sie ihm geschickt, er hatte sich das gewünscht. Wie ein junges Mädchen ist sie sich dabei vorgekommen,

wohl auch, weil sie es nicht gewohnt ist, so viel Aufmerksamkeit von einem Mann zu erfahren. Schon immer etwas mollig, entsprach die kleine Frau nie den Erwartungen der Männer.
Nun, in die Jahre gekommen, spielt das keine so große Rolle mehr. Es gibt auch andere Dinge im Leben, redet sie sich immer wieder ein. Nur welche das sind, kann sie denn doch nicht so genau sagen. Aber so schön waren seine Briefe, immer so gefühlvoll, so voller Verständnis für ihre Situation und zudem noch intelligent geschrieben. Ja, ausdrücken konnte er sich in seinen Briefen, mit den Worten spielen – das schien sein Metier zu sein.
Mittlerweile sind sie beide wieder frei und können sich endlich sehen. Gleich nach seiner Entlassung hat er sie gefragt, ob er sie besuchen könne? Klar, kann er, auch wenn sie sich jetzt etwas schämt, denn sie wohnt noch behelfsmäßig in diesem Ein-Zimmer-Appartement. Ihre eigentliche Wohnung kann sie erst in ein paar Wochen beziehen und renoviert werden muss die auch noch. Aber sie hat auch hier helle Gardinen aufgehängt, die, auch wenn sie zugezogen sind, die Sonnenstrahlen weich in das Zimmer fließen lassen. Über das schon etwas schmuddelige Sofa hat sie eine Decke aus dem gleichen Stoff gelegt

und auf dem kleinen Tisch vor dem Bücherregal stehen frische Blumen. Einladend und gemütlich sieht es aus.

Da kommt ein brauner alter Golf! Das ist er! Sie erkennt ihn sofort, auch wenn er durch die Autoscheiben nur schemenhaft zu erkennen ist. Zum Glück findet er sofort einen Parkplatz vor dem Haus. Da hat er Glück, meistens sind alle Plätze belegt. Er steigt aus und schnappt sich eine große Reisetasche. Sie beschließt, diesen großen, schon etwas fülligen Mann mit der Halbglatze attraktiv zu finden.

Suchend schaut er sich um und entdeckt sie am Fenster. Den Weg zu ihr hatte sie ihm zuvor genau beschrieben. Winkend, mit einem Lächeln im Gesicht, kommt er auf das Haus zu. Noch einmal wischt sie sich die Hände in den Jenas ab. Er trägt ein graues Sakko und ebenfalls Jeans, das gefällt ihr. Aber er sieht älter aus als sie es erwartet hatte. Sie versucht darüber hinweg zu sehen, man kann schließlich nicht alles bekommen, sie ist schon glücklich, dass er überhaupt hier ist.

Beide etwas beklommen, sitzen sie sich nun also in dem kleinen Wohnzimmer gegenüber. „Willst du einen Tee", fragt Jutta ihn. „Ja, gerne, die

Fahrt hierher in den Norden war doch recht lang", sagt er und schaut sich im Zimmer um. „Hübsch hast du es hier", lobt er ihre kleine Wohnung, wohl ihr Talent meinend, aus wenigen Mitteln eine stilvolle Atmosphäre zu zaubern. Er steht auf und schaut ihre Bücher an, findet aber offenbar nichts, was auch ihn wirklich interessiert. „Ich mag es eben schön, aber das hier ist nur ein Provisorium. In ein paar Wochen kann ich in meine richtige Wohnung ziehen, sie muss noch renoviert werden", plappert sie drauflos, nur um überhaupt etwas zu sagen, dabei die schon wieder verschwitzten Hände ineinander knotend und denkt, dass die ersten Momente einer solchen Begegnung doch schwieriger sind, als sie es vermutet hatte. „Hoffentlich ist er nicht allzu enttäuscht von mir", denkt sie. In Briefen ist es so leicht, sich interessant zu geben, spritzig und eloquent. Aber die Realität sieht oft anders aus. „Aber vielleicht ist auch er nicht ganz so, wie er sich in den Briefen schilderte", denkt sie und fragt sich, ob er wirklich so toll und unbesiegbar ist, wie er sich beschrieb oder es sie ahnen ließ?"
„Ich freu´ mich jedenfalls, dass du hier bist und wenn du magst, dann zeige ich dir heute Nachmittag etwas von Bremen", sagt sie und hofft,

dass er diese Stadt ebenso wunderbar finden wird wie sie, die stets neue Ecken entdeckt und mit den bekannten Straßen so viele schöne Erinnerungen verbindet. Außerdem gehört es sich, einem Besuch von außerhalb die Stadt zu zeigen. Nur so kommt man zudem selbst auch mal wieder dazu, die gängigen Touristenpunkte aufzusuchen.

Die Sonne spiegelt sich wieder in den Spitzen des Domes, während die Glocken läuten. Schöner, und auch kitschiger, geht es nicht, denkt Jutta während sie den mit alten Kaufmannshäusern umrandeten Marktplatz mit dem Roland, dem steinernen Wahrzeichen der Stadt, überqueren. Wie sehr liebt sie doch diesen Platz. Wenn sie Zeit hat, und genügend Geld in der Tasche, dann gönnt sie sich stets einen Cappuccino in einem der schönen Straßencafés. Hier in der Sonne sitzen und die Menschen beobachten, das mag sie. Touristengruppen lassen sich die Besonderheiten des Rathauses erklären, das ganz im Stil der Weserrenaissance erbaut ist, und machen Fotos vom Roland, er verbürgt, dass dieser Stadt einst die Marktrechte verliehen wurden. Von den eher kleinen, bronzenen Stadtmusikanten sind die meisten enttäuscht. Andere wieder hasten über den Platz, weil sie vielleicht in der Mittagspause noch schnell in den nahe gelegenen Kaufhäusern etwas erledigen wollen. Buntes Treiben herrscht hier immer. Hubert schaut und erzählt, wie schön und imposant es doch in München sei. Sie ist enttäuscht.

Aber vielleicht muss er sich auch diese Art behaupten, denkt sie. Schließlich hatte er keine leichte Kindheit. In den Briefen hat er ihr davon berichtet. Er rebellierte gegen das allzu konservative Elternhaus, wollte seinen eigenen Weg gehen, sich nicht den Erwartungen seiner Eltern beugen, wie die Brüder. An deren Erfolgen musste er sich immer messen lassen. Jurist und Arzt sind sie geworden, haben Karriere gemacht. Er dagegen hat das Studium abgebrochen. Warum eigentlich, fragt sie sich? Was ist denn so rebellisch daran, dass Studium nicht abzuschließen? Oder hatte er nur Angst vor den Prüfungen, für die allerdings hätte er arbeiten müssen, indem er in die Bücher geschaut hätte. Aber solche Gedanken verdrängt sie schnell wieder. Er sagt, er hätte nicht den bürgerlichen Normen dienen wollen. Inzwischen wollen die Eltern, und auch die Brüder mit ihren Familien, mit ihm nichts mehr zu tun haben. Ob ihn das verletzt, hat er nie gesagt, im Gegenteil, es immer so dargestellt, als sei er sogar stolz darauf, dass er von seiner bürgerlichen Familie verstoßen wurde. Nur von der Mutter hat er oft erzählt in den Briefen, wie sehr die ihn geliebt habe und dass sie sein Talent und seine Fähigkeiten schon früh erkannt habe. Jutta fragt sich, ob die Mutter ihn, das Nesthäkchen, den Nachzügler nicht einfach zu sehr verwöhnt hat?

Für den Abend hat Jutta ein Essen mit ihren Freundinnen Silke und Maja verabredet. Jutta ist so stolz, endlich auch einmal einen Mann mitbringen zu können, vielleicht sogar ihren künftigen Lebenspartner? Ja, auch davon wagt sie zu träumen.
Beim Griechen wollen sie sich treffen. Von griechischem Essen hatte Hubert ihr in all den Briefen immer so vorgeschwärmt. Nun will sie ihm damit eine besondere Freude machen, zumal das Restaurant, das sie ausgewählt hat, besonders gut sein soll, allerdings auch nicht ganz billig. Da wird sie Hubert wohl einladen müssen, denn so viel Geld hat er ja auch nicht und er musste doch schon die Fahrt hierher bezahlen. Viel Geld allerdings hat sie eigentlich auch nicht, auch sie muss mit jedem Cent rechnen, denn es ist teuer,

sich wieder eine neue Existenz aufzubauen. Aber wenigstens hat sie einen Job bei einer kleinen Zeitung gefunden, nichts Großartiges, aber für den Anfang gar nicht so schlecht. Ja, sie ist sogar ein wenig stolz darauf, so schnell eine Stelle als Journalistin gefunden zu haben. Naja, „Journalistin" ist sie eigentlich ja nicht, es ist ja nur ein Anzeigenblättchen und sie wird die Werbetexte für die Bäcker, Schlachter und sonstigen Einzelhändler schreiben, die dort inserieren. Aber sie wird so viel verdienen, dass sie davon leben kann. Mehr kann sie erst einmal nicht erwarten, findet sie.

Beim Griechen angekommen, warten Silke und Maja schon, wie immer beide wunderschön mit langen flatternden Haaren und in sehr modische, indisch anmutende Gewänder gehüllt. Sie sind ja auch beide einige Jahre jünger als Jutta, da kann man so etwas noch tragen. Sie allerdings war auch früher nie so auffallend gekleidet, hätte sich das niemals getraut und es hätte wohl auch damals schon nicht zu ihr gepasst.

Einen schönen Tisch am Fenster haben die Beiden ergattern können. Jutta stellt ihnen Hubert vor, Hände werden geschüttelt und Banalitäten ausgetauscht. Der Kellner bringt die Karte und sie bestellen. Hubert wählt fachkundig die Gambas und einen dazu passenden Wein. „Das wird teuer", denkt sie, aber der Abend ist ihr das wert. Das Gespräch geht um das Buch, das Hubert vor hat zu schreiben. Schon lange redet er davon. Einige Seiten davon hat er ihr zu lesen gegeben. Es ist eine Agentengeschichte. Sie musste sich selbst eingestehen, dass sie die Story etwas unrealistisch fand und die Personen waren ihr nicht empathisch genug beschrieben. Mit solchen Geschichten konnte sie noch nie viel anfangen, aber er meinte, darin seine Erfahrungen als Gangster einfließen lassen zu können. Wirkliche Kritik mochte sie nicht üben, sie hatte Angst, ihn damit zu verletzen. Auch jetzt spricht er von dem Buch, für das er bestimmt bald einen Verleger finden würde.

„Jutta ist meine größte Kritikerin", erzählt er und lobt ihr gutes Gefühl für Sprache. „Ja, das glaube ich, sie schreibt ja schließlich selbst", erwidert Maja. Silke ergänzt: „Ja, ich finde Juttas Texte fast immer sehr gut, sie wird sicher bald eine sehr gefragte Journalistin sein." Hubert erwidert nichts darauf, er redet stattdessen weiter von den Texten, die er bereits geschrieben hat. Immerhin kann er das in einer recht kurzweiligen Art und Weise, so dass der Abend schnell vergeht. In Jutta bleibt dennoch ein leicht missmutiges Gefühl zurück. Hätte er sich nicht etwas mehr danach erkundigen können, was Silke und Maja so machen? Musste er in einem fort von sich reden und mit seinen vermeintlichen Erfolgen protzen?

Abends steht er da in seinem weißen, gerippten Unterhemd, das etwas ausgeleiert seinen ebenso weißen Schlüpfer nicht ganz verdeckt. Im Knast gibt es wohl keine so große Auswahl an Unterwäsche. Jutta versucht nicht hinzusehen. Aber ihre Wohnung ist nicht groß, und schon gar nicht besitzt sie ein Gästebett. Wo sollte sie das auch hinstellen? So ist es fast natürlich, dass er mit zu ihr unter die Decke kriecht. So will sie es auch. So oft hat sie sich die erste Nacht mit ihm ausgemalt, voller Zärtlichkeit und dennoch voller Leidenschaft. Und wirklich legt er den Arm um sie, küsst sie stürmisch und irgendwie auch unbeholfen. Wahrscheinlich hat er lange keine Frau in den Armen gehalten. Sie beginnt ihn zu streicheln, fühlt seine Haut unter ihren Händen. Auch er streichelt sie, wenn auch eher pflichtbewusst, wie ihr scheint. Viel zu schnell dringt er in sie ein und erreicht seinen Höhepunkt. Sie war noch lange nicht so weit, empfindet nun eher ein Gefühl des Schmerzes. Wahrscheinlich wird sie morgen den ganzen Tag wund sein und kaum zur Toilette gehen können. Davon wird er nichts mitbekommen, denn er hat sich bereits umgedreht und schläft. Bitter enttäuscht, mit den Tränen kämpfend, dreht auch sie sich um. So hatte sie sich das nicht vorgestellt.

Am nächsten Morgen sitzt er ihr am Frühstückstisch gegenüber, beschmiert sich die Brötchen dick mit Käse und erzählt von seiner Ex-Frau und dem gemeinsamen Sohn. In Frankreich lebe seine Familie jetzt, aber er wolle versuchen, seine Frau zurückzugewinnen. Deren Familie besitze ein gut gehendes Weingut, da wolle er vielleicht mit einsteigen. Von den Büchern, die er schreiben will, ist nun keine Rede mehr. Aber Fotos von seiner geschiedenen Frau zeigt er ihr. Eine schöne, dunkelhaarige Frau im Sonnenschein vor einem Springbrunnen ist da zu sehen. Jutta wird bei dem Anblick dieser schönen Frau doch etwas klamm ums Herz. Da, so glaubt sie, kann sie nicht mithalten.

Nachmittags will er unbedingt zum Fußballspiel von Werder Bremen. Jutta hat ihm eine Eintrittskarte besorgt. In der Redaktion kann man manchmal welche bekommen. Sie selbst interessiert sich nicht für Fußball und ihr Ressortleiter war denn auch einigermaßen erstaunt, dass ausgerechnet sie eine Karte habe wollte, mehr als eine war leider nicht mehr zu haben gewesen, sonst hätte sie Hubert ins Stadion begleitet. „Na, dann musst du mit mir aber auch mal zum Fußball gehen", hatte der Ressortleiter noch lächelnd gesagt. „Eigentlich ist der Ressortleiter ganz nett", denkt Jutta nun während sie in einem nahen Café auf Hubert wartet. Sie bestellt sich einen Cappuccino und ein Stück Torte, schließlich will sie auch etwas von diesem Samstagnachmittag haben. Während ihr der erste Bissen von der Cremetorte im Munde zerfließt und sie den köstlichen Kakaogeschmack auf der Zunge hat, beobachtet sie die Menschen um sie herum. Heute sind vor allen Dingen Fußballfans hier, es liegt wohl an der Nähe zum Stadion. Hierher allerdings kommen eher die braven Väter mit ihren Söhnen, denen sie einmal ein Spiel zeigen wollen, die lauten und oft randalierenden Fans, sind woanders zu finden.

Aber so nach und nach machen sich die Väter mit ihren Söhnen auf den Weg, das Spiel beginnt in wenigen Minuten. Hubert wollte ja unbedingt schon ganz früh im Stadion sein. „Möglichst viel von der Atmosphäre mitbekommen", meinte er. Ihr fehlt dafür wohl der Sinn. Aber haben Hubert

und sie denn überhaupt irgendwelche Gemeinsamkeiten, außer der Tatsache, dass sie beide über eine gewisse Hafterfahrung verfügen? Aber was heißt das schon, jetzt wo sie doch wieder frei ist? Sie hat Ziele hier draußen. Aber wie ist das bei ihm? Außer große Reden über seine Schreiberei hat sie noch nichts von ihm gehört. Was wird denn er jetzt mit seiner Freiheit anfangen? Hat er überhaupt irgendwelche konkreten Pläne?
Stattdessen hat er von zwei Frauen erzählt, die ihn unterstützen, auch finanziell. Es sind ältere Frauen, die an sein Talent glauben. Wo hat er die eigentlich kennengelernt? Wahrscheinlich sind es Frauen aus irgendeiner Gefangenenhilfsorganisation. Davon gibt es ja so viele. Sie kennt das, es sind oft Frauen, die Gutes tun wollen, sich darin sonnen, einem armen Sünder wieder auf die Beine zu helfen. Einige dieser Frauen sind sicher charmanten Worten nicht abgeneigt. Hat er diese Frauen umgarnt? Was und wie viel bekommt er denn von ihnen? Irgendwie hat sie ein seltsames, aber nicht gutes Gefühl in sich. Jedenfalls will sie nicht einer dieser Frauen sein, die Hubert helfen, vorwärts zu kommen. Sie hat eigentlich genug mit sich selbst zu tun. Und überhaupt: Ist er in den letzten vierundzwanzig Stunden eigentlich auch einmal auf sie eingegangen? Etwas grüble-

risch verlässt sie nach zwei Stunden das Café, um sich wieder mit Hubert zu treffen.

Abends geht Jutta mit Hubert im „Viertel" einen Wein trinken und meint, dass sie dort ja auch noch eine Kleinigkeit essen könnten. Sie mag das Viertel, das angesagte Szene Quartier Bremens, dort ist so viel Leben, so viele verschiedene Menschen sind dort anzutreffen. Eine Kneipe reiht sich an die andere, Modegeschäfte reihen sich an Käsetheken, diese an Weinhandlungen. Dazwischen sind die Opernliebhaber auf dem Weg ins Theater, vorbei an Junkies und Dealern. Die Mischung macht es.
Das Wetter ist so schön, dass sie draußen sitzen können. Aber Hubert hat keinen Blick für das bunte Treiben um ihn herum, sondern spricht von seiner Gangsterkarriere. Was hat er nicht schon alles erlebt? Wo ist er nicht schon überall gewesen? New York, Paris und London – er kennt das alles. „Wie denn, wenn du die letzten zwanzig Jahre im Knast verbracht hast?", rutscht es Jutta heraus, härter und spitzer als sie sonst spricht „Hast du dich eigentlich je damit auseinandergesetzt, was du mit deinem Drogenschmuggel anrichtest? Was mit den Junkies ist, die auf der Straße krepieren? Schau dich doch

hier mal um!", meint sie und schaut ihn ernst an. „Das sind gesellschaftliche Fragen, ich bin Anarchist", sagt er, leicht schnippisch. „Anarchie meint die Abwesenheit von Herrschaft, nicht die Abwesenheit von Verantwortung", erwidert Jutta und denkt, dass er im Grunde doch nur in äußerst hohlen Worthülsen redet. Da ist sie es im Kollegenkreis aber anders gewohnt.

Diese Nacht schläft sie nicht mit ihm, auch er scheint kein Bedürfnis nach Nähe zu haben. Eigentlich würde sie eh lieber das Bett für sich alleine haben. Aber er ist zu Besuch und da wird sie ihn wohl oder übel noch einen Tag aushalten müssen. Ja, „aushalten" - so ist es inzwischen, gesteht sie sich selber ein und schläft ein, möglichst weit von Hubert abrückend.

Am nächsten Morgen wacht er fröhlich auf, merkt nicht einmal, dass ihre Stimmung gar nicht so gut ist. Dafür fehlt ihm wohl das Feingefühl, er ist es gewohnt nur auf sich selbst zu achten. „Aber vielleicht wird man so, wenn man zwanzig Jahre hinter Gittern verbringt", denkt sie und ist froh, dass sie das nicht erleben musste. Sie wurde wegen Betruges nur zu einem Jahr Haft verurteilt.

Still geht sie zur Küchenzeile und bereitet das Frühstück zu. „Magst du frische Brötchen holen? Der Bäcker gegenüber hat auch sonntags auf", fragt sie
Und tatsächlich schickt er sich an zum Bäcker zu gehen. Wenig später kommt er mit einer Tüte Brötchen zurück und setzt sich an den inzwischen gedeckten Tisch. „Es war schön bei dir", sagt er und schaut sie an: „aber für eine richtige Beziehung reicht es bei uns beiden wohl doch nicht." „Ja, das sehe ich auch so", erwidert sie und ist fast glücklich, dass er das erkannt hat. Denken aber tut sie, dass sich einen solchen Mann weder leisten kann noch leisten will. Vielleicht wird sie demnächst doch einmal mit dem Ressortleiter einen Wein trinken gehen.

Liebe ohne Grenzen

Es kommt wieder eine Neue. So geschieht es jeden Tag, viele bleiben nur ein oder zwei Wochen, andere viele Jahre. Auch Jana wird fast zwei Jahre hinter Gittern verbringen müssen. Um das zu überstehen, hat sie sich aus einem anderen Knast hierher verlegen lassen, weil hier, in dieser kleinen Stadt, ihre Familie lebt, an der sie sehr hängt und die ihr moralisch Halt gibt. Und zudem hofft sie auf die Unterstützung ihres Vaters, der ihr bei seinen Besuchen im Knast sicher ab und an etwas mitbringen kann, was ihr das Leben in Haft erleichtert. Mit Letzterem hat sie ihren Verlegungswunsch vor der Behörde natürlich nicht begründet.

Jana ist die Menschwerdung einer dunklen Barbiepuppe. Lange, fast schwarze Locken umrahmen ein süßes, kindlich rundes Gesicht, mitten drin ein roter Herzmund. Auch die Figur scheint sie einer Barbiepuppe abgeguckt zu haben. Sie ist ausgestattet mit einem riesigen Busen, einem ausladenden Hintern und einer ganz schmalen Wespenteile. Das alles ist sie keinesfalls gewillt zu verstecken. Sie zeigt, was sie hat und das mit Stolz. Sie trägt lange, hautenge Kleider mit tiefem Dekolleté, auch gerne schon tagsüber. Die Stöckelschuhe hat man ihr beim Empfang im Knast weggenommen, aber schicke Latschen tun es notfalls auch. Immer wieder eckt sie mit ihrem Outfit bei den Beamten der Station an. Und oft muss sie sich sagen lassen, dass sie „in einem solchen Aufzug" nicht auf der Station herumlaufen könne. „Warum eigentlich nicht? Wir Frauen sind auf unserer Station in der Regel nur allzu sehr unter uns", meint Bärbel, mit der Jana sich schon nach wenigen Tagen anfreundet. Die zwei so unterschiedlichen Frauen verstehen sich. Jana bringt der stets etwas spröden und so gar nicht auf Äußerliches bedachten Bärbel allein durch ihr Auftreten etwas Farbe in den ansonsten eher tristen Knastalltag. Und Bärbel ist für Jana wohl so etwas wie eine fast mütterliche Stütze. Das tut wiederum auch dieser gut, Bärbel fühlt sich gebraucht.

Doch nicht immer sind die zwei einer Meinung, schon gar nicht, wenn es um die Beurteilung der Schließerin Frau Keller geht. Jana deutet immer öfter an, dass sie diese Schleißerin im Grunde gar nicht so übel findet, eine Meinung, die Bärbel so gar nicht teilen kann. Diese Frau Keller ist eine von der eher üblen Sorte, lässt kaum einmal Fünfe gerade sein und legt die Vorschriften stets strengstens aus. Ihre Filzen der Hafträume sind gefürchtet. Jede überzählige Bluse muss abgegeben werden, jeder Lippenstift wird genauestens untersucht und überhaupt darf nur in den Zellen sein, was Frau Keller zuvor auf einer für alle gültigen List erlaubt hat. Ausnahmen gibt es nicht, Individualität kennt sie nicht.

Frau Keller ist Lesbe, das weiß jeder und auf sie scheint Janas Aufzug denn auch eher aufreizend denn abstoßend zu wirken. Jana scheint die Aufmerksamkeit von Frau Keller zu genießen. Offensichtlich ist auch Jana mehr den Frauen zugetan als den Männern. Wer hätte das gedacht?

Eines Tages fragt Jana Bärbel, ob sie mal mit ihr reden könne? Sie brauche einfach jemanden, bei dem sie sich aussprechen könne. Sie gehen in Bärbels Zelle, setzen sich auf das Bett. Jana zieht ein Taschentuch aus ihrem Umhängebeutel, den sie immer bei sich trägt und in dem sie alles verstaut, was sie meint im Laufe eines Tages brauchen zu können: Parfum, etwas Hasch, Bonbons und natürlich einen Kamm. Seltsamerweise wird ihr Beutel nie von den Schließerinnen kontrolliert. Bärbel fragt sich immer wieder, wie Jana das hinbekommt?

Kaum hat Jana angefangen zu reden oder es zumindest versucht, fließen auch schon die Tränen.

"Ich hab´ mich so in die Keller verliebt. Ich kann an gar nichts anderes mehr denken", bricht es unter Schluchzen aus ihr hervor. Bärbel kann das beim besten Willen nicht nachvollziehen. Warum muss es ausgerechnet die Keller mit dem Spitzmausgesicht sein? Es gibt doch genügend andere Frauen auf der Station. Aber wer wird je verstehen, wo die Liebe sich breit macht?
Jana fragt, ob Bärbel meine, dass sie Chancen bei der Keller haben könnte? Nein, Bärbel kann sich das nicht vorstellen. Zum einen kann sie sich nicht vorstellen, dass die Keller auf einen Barbiepuppentyp fliegt, aber das sagt sie Jana nicht und zum anderen ist sie noch der Meinung, dass der Keller die Gesetze über alles gehen und diese sich nie zu einer Liebschaft wird hinreißen lassen wird, die per Gesetz verboten ist. Schließer dürfen keine Liaison mit Inhaftierten haben. Aber eigentlich kann Bärbel sich die Keller in gar keiner Beziehung vorstellen, geschweige denn in einer zärtlichen oder lustvollen Umarmung. Diese Keller kann unmöglich Gefühle haben, ist sie überzeugt.
Aber sie muss sich eines Besseren belehren lassen. Tatsächlich beginnt Frau Keller um Jana herum zu schleichen. Steht Jana am Geländer, gesellt sich auch die Keller dazu, fängt ein Ge-

spräch an und wird richtig umgänglich. Auch die Vorschriften beginnt sie nun etwas liberaler auszulegen. Das kommt allen zugute. Endlich werden die Kleiderschränke nicht mehr ganz so oft kontrolliert und es darf auch mal eine schicke Jacke mehr im Schrank hängen oder ein Kuschelteddy das Bett verzieren. Auch kann die Keller plötzlich mit den gefangenen Frauen reden und sogar lachen. Sie beginnt sich für die Geschichten der Frauen zu interessieren, zeigt Anteilnahme, gibt Ratschläge bei Problemen mit den Kindern oder dem Mann oder hilft beim Ausfüllen von Anträgen für irgendwelche Ämter.
Außerdem scheint Frau Keller Jana öfter als nötig in ihrer Zelle aufzusuchen. Jana berichtet Bärbel sogar einmal davon, wie sie aufgewacht sei, weil sie das Gefühl hatte, dass jemand neben ihr stünde. Sie hätte aber zunächst an eine Sinnestäuschung geglaubt. Dann hätte sie aber durch die Augenlider geblinzelt und wirklich die Keller neben sich stehen sehen. Diese hätte sie nur angeschaut. Und als Jana die Augen aufschlug, sie ganz freundlich angelächelt, dann sei sie ganz leise und vorsichtig wieder aus der Zelle gegangen." Dann muss es die Keller auch erwischt haben", sagt Bärbel. "Meinst du?", strahlt Jana sie an. Was soll man da noch sagen?

Jana weiß, was sie will und was sie will, das pflegt sie sich auch zu nehmen. Was stört es Jana, dass ein solcher Flirt, oder ist es schon mehr, hinter Gittern verboten ist? Die Keller riskiert viel dabei. Sie könnte ihren Job verlieren, wenn die Geschichte rauskäme und ihre Vorgesetzten ihr nicht wohlgesonnen sind. Auch Bärbel fragt sie, ob sie denn nur ihre eigenen Interessen im Kopf hätte? „Klar profitieren wir im Moment alle davon, aber wenn es schiefgeht, dann ist die Keller ruiniert", setzt sie Jana zu. Aber Jana umgarnt die Keller weiter und diese wird immer weicher und geschmeidiger, je mehr Jana mit ihren langen Wimpern sie anklimpert. Sie ist kaum noch wiederzuerkennen. Aus der strengen Schließerin ist ein liebeskrankes, fast schon devotes Fräulein geworden. Jana scheint sie um den Finger wickeln zu können.

Die Keller schleicht sich noch oft des Nachts in Janas Zelle. Was dort geschieht oder auch nicht, wird ewig ihr Geheimnis bleiben. Aber die Beiden scheinen es ernst zu meinen. Sie scheinen sich wirklich zu lieben, denn auch Jana wandelt sich unter den Händen von der Keller. Aus dem oberflächlichen Püppchen wird eine ernsthafte junge Frau. Sie kümmert sich darum, ihre Schul-

den abzahlen zu können und erkundigt sich nach Möglichkeiten einer Ausbildung nach der Haft.
Und sie beginnt eine Entziehungskur zu machen. Sie ist das, was man im Allgemeinen eine Edeljunkie nennt, nicht heruntergekommen, aber trotzdem genauso süchtig wie die anderen. Nie würde sie Heroin spritzen, schon deshalb nicht, weil sie Angst hat, ihren schönen Körper mit den Nadeln und den Einstichstellen oder gar Abszessen zu verunstalten. Sie zieht es vor, das Gift als Linie zu ziehen, das heißt, ähnlich wie beim Kokain, streut sie Heroin in einer Linie auf eine Folie Alupapier, das wird von unten erhitzt, und dann mittels eines Röhrchens durch die Nase gezogen. Das macht schnell high, verbraucht aber wesentlich mehr Stoff als beim Spritzen und ist damit entschieden teurer als die Spritze, aber Geld interessiert Jana nicht wirklich, irgendwie hat sie immer welches gehabt. Sie hat immer jemanden gefunden, der für sie zahlt. Aber nun ist sie fest entschlossen von den Drogen loskommen. Noch während der Haft macht sie einen Entzug. Die Keller und Jana scheinen einander vorerst gut zu tun.
Jana legt ihre langen Kleider ab und beginnt Hosen zu tragen, diese sitzen zwar immer noch knackeng um ihren Hintern und auch die T-

Shirts und Pullover, die sie auf einmal besitzt, betonen alles, was sie hat. Aber doch ist das schon eine ganz andere Jana. Um das neue Image zu unterstreichen, geht sie nun auch regelmäßig zum Sport. Die Keller sieht das gerne.

Aber ganz kann sie ihren Hang zum Luxus denn doch nicht unterdrücken. Bei einem Besuch ihres Vaters lässt sie sich von ihm eine große Flasche sündhaft teuren Parfums mitbringen und irgendwie schafft sie es tatsächlich, diese Flasche mit auf die Station zu schmuggeln. Bärbel wäre so etwas nie gelungen. Allerdings hat Bärbel auch kein so großes Faible für teure Parfums. Aber hin und wieder mal einen Kasten Pralinen würde sie sich auch gerne mitbringen lassen. Jana sagt, sie hätte das Parfum unter den Achseln versteckt. Im Schmuggeln ist sie unschlagbar, auch wenn die Keller keinen Dienst hat.

Dieses teure Parfum benutzt sie wie andere ein Deospray. Die ganze Station riecht schon danach. Aber keiner kann ihr wegen solcher Eskapaden böse sein. Sie besitzt den Charme eines kleinen Mädchens und sie ist irgendwie denn doch von Grund auf ehrlich. Wenn sie einen Fehler macht, dann sieht sie das ein und bittet um Entschuldigung. Und sie steht zu den Dingen, die sie gemacht hat. Wird sie erwischt, streitet sie nie etwas ab, sondern gibt zu, was sie getan hat. Zudem ist sie sich trotz ihres puppenhaften Aussehens für keine Arbeit zu schade. Sie packt tüchtig mit an, wo immer es nötig ist. Sie geht die Klos schrubben und tüddelt sich hinterher wieder auf wie eine Madonna.

Der Entzug von der Droge aber ist auch für Jana keine Kleinigkeit. Sie besitzt allerdings einen eisernen Willen und ist fest entschlossen, es zu schaffen. Sie bittet die Ärztin der Haftanstalt, das Methadon bei ihr langsam herunter zu dosieren. Diese ist natürlich ganz begeistert davon und sieht endlich ihre endlosen Mühen gegen die Droge belohnt. Von Woche zu Woche bekommt Jana nun weniger von dem Substitutionsmittel Methadon. Den Suchtdruck bekämpft sie, indem sie wie eine Besessene Sport treibt und das scheint tatsächlich zu helfen. Irgendwann ist es dann endlich geschafft, sie bekommt kein Meta mehr, wie die Gefangenen die amtlich verordnete Ersatzdroge nennen. Die körperliche Sucht ist damit überstanden. Aber nun gilt es den Suchtdruck im Kopf zu bekämpfen, denn der psychische Entzug beginnt und der ist oft schlimmer als der körperliche. Aber Jana will auch den besiegen. Sie tut es für die Keller. Bärbel wäre es lieber, sie würde es auch für sich selber tun. Jana lenkt sich ab, wo sie kann und mit allem, was ihr in die Hände kommt. Sie liest, geht weiter zum Sport, putzt die Zelle und heult sich bei Lena aus. Nur einmal wird sie rückfällig, aber damit wird sie schnell fertig. Danach ist Schluss, zumindest erst einmal. Die Gefahr eines Rückfalls wird immer da sein.

Jana fühlt sich gut und sie ist noch schöner geworden. Clean zu sein, bekommt ihr gut. Wer könnte ihr widerstehen? Am allerwenigsten die Keller. Und so zieht Jana nach ihrer Entlassung aus dem Knast zu der Keller. Zumindest hat sie sich so einen sicheren und kostengünstigen Aufenthaltsort gesichert. Was dort geschieht, erfahren Bärbel und die anderen Frauen über die Informationswege, die es immer von inhaftierten zu gerade nicht im Knast sitzenden Frauen gibt, denn Jana hat keineswegs ihre Kontakte ins Milieu abgebrochen. Solange Jana in Haft war, hat sie geschwiegen, aber kaum ist sie entlassen, teilt sie jedem mit, mit wem sie zusammenlebt. Sie ist wohl auch stolz auf ihre Eroberung.

Eine lange Weile sind Jana und die Frau Keller glücklich miteinander, bis Jana irgendwann sich neu verliebt, ausgerechnet dann doch wieder in einen Mann, und die Keller verlässt. Es scheint dabei auch zu einer handgreiflichen Auseinan-

dersetzung gekommen zu sein, jedenfalls erscheint die Keller eines Tages mit einem recht stattlichen blauen Auge zum Dienst. Frau Keller leidet sehr unter der Trennung und kann das lange nicht verwinden. Mit verheulten Augen läuft sie über die Station, ist fahrig und nervös und lässt sich sogar für ein paar Tage krankschreiben. Aber sie verschafft sich Trost, indem sie wieder beginnt, die Zellen der gefangenen Frauen zu filzen.
Die Keller soll sogar irgendwann zur Anstaltsleitung gegangen sein und sich dort selber angezeigt haben, wegen der Beziehung mit einer „Schutzbefohlenen", aber Konsequenzen gibt es für sie vorerst nicht. Da hilft ihr die ewige Personalknappheit. Vielleicht ist auch ihren Vorgesetztenn nicht so ganz klar, wer wessen Schutzes bedarf. Erst sehr viel später darf die Keller keinen Nachtdienst mehr machen und wird von der Frauenstation an die Pforte versetzt.